HARROW LIBRARY SERVICES
Please return this item by the last date shown. You can renew it by post, phone or in person unless it has been reserved by another library user. Fines will be charged on overdue items if applicable.
Thank you for using the library.

North Harrow
Library
020

Yasmina Khadra

Le dingue au bistouri

© Flammarion, 1999

À Mohamed junior
À Virginie Brac et Jean-Marie Massoulier

« Il suffit, parfois, d'avoir le courage d'aller jusqu'au ridicule pour crever le cerceau de la routine et trouver, au-delà, une piste neuve, la chance d'un nouveau départ. »

John STEINBECK

1

Mort en direct

Il y a quatre choses que je déteste.
Un : qu'on boive dans mon verre.
Deux : qu'on se mouche dans un restaurant.
Trois : qu'on me pose un lapin.
Quatre : rester là, à ne rien foutre, dans mon bureau minable au fin fond d'un couloir cafardeux où les relents des latrines et les courants d'air adorent flûter.

Aujourd'hui, comme hier et demain peut-être, je me morfonds comme un beau diable dans une mosquée. Les quelques dossiers tape-à-l'œil qui traînent sur mon burlingue me fatiguent. Il y a autant d'empreintes digitales dessus que sur un lépreux. Des histoires de mœurs à la con, des choses routinières vachement roturières qui vous ensommeilleraient un chat sur ses excréments. Des dépositions bizarroïdes, des plaintes anonymes, des déclarations de schizo en mal d'hallucinations… Bref, de la déprime à perte de vue.

Je devine le patron derrière tout ça. Comme on est de la même promo, il cherche à m'en faire baver. Aussi, il m'envoie les affaires bidon pour m'abêtir davantage.

Le patron, c'était un petit amuseur de bas étage. Dans le temps, on donnait pas cher de sa carrière. Pas plus de cervelle qu'une tête d'épingle. Puis il s'est fait un beau-frère dans l'administration et il s'est mis à brûler la hiérarchie comme un poivrot les feux rouges. Du jour au lendemain, le ciel s'ouvre pour lui et il se retrouve patron de ceux-là mêmes qui le tournaient en bourrique. Résultat : le patron se venge !

Dans un pays où l'échelle des valeurs se confond avec un vulgaire escabeau, l'opportunisme est de rigueur.

Je suis dans mon bureau et je poireaute, les mains derrière la tête et les pieds sur la table. Je m'ennuie. Depuis un bon moment, je m'occupe à observer un cancrelat qui rôdaille sur les murs. Il court, s'arrête brusquement, se débine, revient, fait le clown. À la longue, il finit par m'agacer, et quand il échoue sur mon bureau, le cancrelat, je le fais péter sous ma chaussure. Ça fait une tache blanchâtre sur la photo d'un suspect et ça éclabousse les feuillets environnants.

Par la fenêtre mouchetée de chiures de mouches, je vois la ville renfrognée et, au loin, le Maqam debout dans son linceul, semblable à un fantôme revanchard venu nous botter le cul pour nous secouer un peu.

C'est drôle, à chaque fois que je lève les yeux sur le Maqam, je pense immanquablement à un arbre. Je zieute le trépied monumental, me pioche la matière grise et pas moyen de justifier la présence d'un arbre insolite dans mon esprit. Pourtant, je suis certain qu'il y a un rapport. C'est vrai, je n'ai pas assez d'instruction, en revanche je dispose d'une intuition à piéger la plus futée des cartomanciennes. Alors, qu'est-ce qu'il fout dans ma tronche, cet arbre tout bête ? Un taleb m'aurait suggéré que le Maqam a dû être bâti là où trônait un chêne-marabout ou bien quelque palmier sacré... Et d'un coup, comme ça, je pige !

Le Maqam, mes potes, c'est l'arbre qui cache la forêt !

Après tout, c'est quoi, Riad El Feth ? C'est cette grande muraille fallacieuse qui cache la noirceur des HLM surpeuplées, la marmaille pataugeant dans les flaques d'eau croupissante, les familles amoncelées par quinze dans de miteux deux-pièces, sans eau courante, sans chauffage, sans le moindre confort, avec pour tout attrape-nigaud une télé barbante et terriblement ahurissante. C'est ça, le Maqam : les mirages d'un peuple cocufié, les bijoux facétieux d'une nation réduite au stade de la prédation, concubine quelquefois, séduite et abandonnée le plus souvent. Le Maqam ? C'est cet arbre éhonté qui refoule arbitrairement, au tréfonds des coulisses, une humanité trahie, vilipendée, une jeunesse désenchantée, livrée au néant, au vice et aux chimères de l'utopie, une vaste confrérie de chômeurs, de soûlards, de cinglés et de désespérés qui continue de s'enliser inexorablement dans le fiel et le dépit et que même les gags de Fellag ne sauraient réconforter.

Le Maqam Ech-Chahid se moque éperdument des martyrs. Son allure martiale a l'assurance des fortunes.

Désabusé, mon regard revient et lorgne le bureau de Lino, mon subalterne. Il a encore oublié une feuille sur sa dactylo. Dans ma chienne de vie, j'ai connu un tas de connards distraits, mais Lino, c'est le leader incontesté. Il oublierait volontiers son pantalon aux toilettes s'il voulait bien se donner la peine.

Lino, c'est un intello binoclard qui passe son temps à bouquiner les polars pour avoir l'air cultivé. Mais à chaque occasion, il me confirme que les bouquins c'est juste pour les crétins paresseux. J'ai jamais été au lycée, moi – le patron non plus – et ça ne m'a pas empêché d'être commissaire. Dans la vie, c'est comme dans un brouillon : l'important est de se débrouiller. J'ai connu, dans le voisinage, un gars qui s'en est allé aux Amériques chercher un doctorat ou quelque chose de ce genre. Ben, il est encore à cavaler derrière un job, le pôvre !

Lino n'a rien à voir avec Ventura. Je l'ai surnommé ainsi parce qu'il ressemble étrangement – *sobhane Allah* – à ces monstres hideux qui hantent les abysses océanes et que les scientifiques appellent *Lino arborifer*.

Et comme dit le proverbe ancestral «quand on parle du chien, on lui prépare le gourdin», justement voilà Lino qui montre sa face fadasse par l'entrebâillement de la porte.

— Hé, commy ! Y a du nouveau à Souk el Fellah.
— On a flingué le gérant ?

Lino est choqué. Il ôte ses lunettes de taupe, les essuie sur son tricot, les remet et me regarde comme si j'étais Ibliss[1] en personne.

— Tu peux pas penser à autre chose, commy ? On est pas à Londres.

Je ne sais pas ce qu'il entend par Londres, mais je lui rétorque :

---

1. *Ibliss* : le Malin en arabe classique.

— Si tu espères filer aujourd'hui encore, tu te fous l'index dans l'œil jusqu'au coude.

— Y a des frigos à deux portes, boss! s'exclame-t-il, histoire de m'emballer.

Je reste aussi froid qu'une pierre tombale.

Je lui dis:

— Combien de fois je t'ai dit de cesser de m'appeler commy. J'suis pas ton p'tit copain.

— 'Scuse, commissaire, ça m'a échappé.

Je reste un moment à examiner mes ongles rongés par le stress puis, mine de rien, je laisse filtrer:

— Deux portes, t'es sûr?

Ça ravigote le subalterne qui se remet à piaffer et à saliver comme un canasson.

— Je tiens l'information d'une source crédible, commissaire. C'est un gratte-papier d'*Horizons* qui m'l'a dit. Il vient de coucher un article dessus. Paraît qu'il y a un monde fou autour des dépôts.

— Gardons notre sang-froid, je lui conseille.

Ces histoires de frigos, ça vous glace les machins rien que d'y penser. Je prends le téléphone et compose le numéro d'un gérant que je tiens sous ma coupe depuis une sale histoire de détournement de fonds. Au bout du fil, la voix du gérant braille. Je me présente, et la voix se fait toute petite, presque attendrissante. Je le somme de me laisser un congélateur de côté et je raccroche.

Lino est ahuri. Il a l'air d'une vache qui voit passer un roumi.

— Et moi? qu'il bredouille.
— Quoi tézigue?
— Tu lui as dit un... et moi?
— Ton tour viendra quand tu seras commis-

13

saire comme bibi. Et encore, c'est pas sûr. Avec toute cette démocratie qui se réveille...

Vous devez me trouver un tantinet terre à terre, mais c'est comme ça. Bien sûr, j'aimerais adopter un langage aéré, intelligent, pédantesque par endroits, commenter un ouvrage, essayer de déceler la force de Rachid Mimouni, m'abreuver dans un Moulessehoul ou encore tenter de saisir cette chose tactile qui fait le charme de Nabil Farès, seulement il y a tout un monde entre ce qu'on voudrait faire et ce qu'on est obligé de faire. La culture, par les temps qui courent, fait figure de sottise.

On est là, Lino et moi, à causer débilement et à nigauder, et je suis à mille lieues de deviner que, dans quelques minutes, je vais vivre l'une des plus effroyables histoires de meurtres et d'horreur que le pays ait jamais connues depuis juillet 1962.

Au moment même où je commence à embêter mon subalterne, le téléphone sonne. Une respiration saccadée halète au bout du fil.

— Allô, j'aboie.

Je perçois comme un grincement, puis un bruit de friture. La respiration s'écarte et revient tout de suite. Une voix caverneuse s'enquiert :

— Inspecteur Llob ?
— Commissaire, je corrige.

Un instant de flottement, et la voix reprend :

— Je t'invite à suivre en direct la mise à mort d'un être humain.

Je ne pige pas.

La voix ajoute :

— Il y a, devant moi, allongé sur son lit, un homme que je hais de toutes mes forces. Il essaye de se tirer, mais je l'ai ligoté comme un filet de veau. Maintenant, il cesse de se débattre et me supplie de ses yeux exorbités. Il ne peut pas hurler parce que je lui ai mis un bâillon sur sa sale gueule... Et moi, je tiens le combiné d'une main et de l'autre un bistouri.

— C'est fini, oui? je gueule. C'est un faux numéro, mon gars. Ici, on plaisante pas. Si tu t'ennuies, cherche ailleurs.

Silence. La respiration s'accentue, fait frissonner le creux de ma nuque. La voix semble déglutir avant de revenir, aussi glaciale et visqueuse qu'une limace d'Indochine.

— Ne m'interromps pas. Tu vas fausser mes idées et après, je vais souffrir toute la nuit. Tais-toi, s'il te plaît... Je suis concentré... écoute.

Lino remarque mon air absorbé et tourne sa main dans le sens des aiguilles d'une montre pour me demander ce qui se passe. Du doigt, je le prie de rester où il est et de la boucler.

— Je t'écoute.

— Je ne sais plus où j'en étais, se plaint la voix brusquement fracassée de sanglots.

— Au bistouri.

— Ça me revient. Le type, il va crever. Il le sait. Moi aussi, je le sais. Je vais lui ouvrir le ventre. Je vais le charcuter. Et quand je l'aurai saigné à blanc, je lui arracherai le cœur. Vrai de vrai, je lui arracherai le cœur. Après, j'irai prendre une douche dans la salle de bains à côté. En prenant tout mon temps. Puis, je te rappellerai pour te donner l'adresse.

— Qui es-tu?...

Il raccroche.

Je reste quelques minutes à fixer le combiné comme si j'espérais y déceler quelque chose. Lino repose une fesse sur l'angle de mon bureau et glapit :

— Tu en fais une tête, chef ? Ça va pas ? C'est la maison ?...

J'essaye de réfléchir, mais les questions crétines de Lino empêcheraient un ascète de méditer.

Je l'informe :

— Un type m'a dit qu'il va charcuter un mec.

Lino contemple ses ongles de rongeur et fait :

— Y a deux jours, un gars m'a écrit une lettre pour me dire que ma fille s'adonne à tous les vices capitaux de la terre. Il n'a pas laissé son adresse et j'ai pas pu le joindre pour lui faire savoir que je suis célibataire. Des trucs comme ça, y en a des centaines par heure et chaque jour. C'est l'ennui qui incite les hitistes[1] à faire tout ce qui leur passe par la tête.

— Il a une de ces voix !

Lino rit de l'expression qui fausse mes traits et ajoute :

— C'est qu'un rigolo branché sur la vidéo, commy. Faut bien que les jeunes fassent quelque chose pour passer le temps. Y a rien, pas de culture, pas de boulot, pas d'aspirations. Alors, nos jeunes, après avoir bousillé les cabines téléphoniques, agressé les filles dans la rue, écumé les marchés parallèles, séjourné aux frais de la flicaille, et comme ils ont beaucoup d'imagination, ils inventent d'autres occupations.

Je dodeline de la tête.

— T'as probablement raison.

---

1. En Algérie, on appelle ainsi les chômeurs, les désœuvrés adossés au mur dans la rue (*hit* : mur ; littéralement « ceux qui tiennent le mur »).

J'essaye de ne pas prendre au sérieux l'appel anonyme, pourtant, quand je songe à cette voix sépulcrale, à cette respiration tassée et ce ton lugubre par-delà les sanglots, ma nuque se remet à me picoter.

Je me lève et m'approche de la fenêtre. Dans la rue, quatre jeunes loubards s'amusent à «ombre-chinoiser» le mur d'en face. Ils personnifient le marasme dans sa totale nudité. Ces jeunots, ils ont cessé d'attendre le Mehdi. Ils ne savent plus où aller, ni quoi faire de leur existence. Leur horizon est obstrué par les nuages des interdits. Hier, c'étaient les mégots et le ballon ficelé. Aujourd'hui, c'est peut-être le kif. Et demain, c'est pas facile à prédire. Ils sont là, à empêcher les murs de s'écrouler, un œil sur les tristesses environnantes, un autre errant dans des rêves impossibles ; et ils rigolent pour tromper la désillusion, et ils font semblant d'être malins, et ils crèvent de frustration chaque jour un peu plus. L'un d'eux se met au beau milieu du trottoir, ôte un chapeau imaginaire et fait la révérence à une demoiselle trop digne pour être polie.

Jeunesse perdue, je compatis.

Lino regarde sa montre.

— Il est dix heures trois. Tu me laisses tenter ma chance aux Galeries ?

— Il va rappeler.

— Qui ça ?

— Le type au bistouri.

Lino se plante à côté de moi et s'adresse à mon reflet dans la vitre :

— Tu vas pas croire à cette foutaise, commy. C'sont les dossiers à la con, sur ton bureau, qui se jouent de toi. Qu'est-ce qu'il a dit au juste, le type ?

— Qu'il allait charcuter un mec.
— Et tu l'as cru ?
— J'suis payé pour ça.
— On est pas au Bronx, commy.
— Arrête de m'appeler commy, bon sang ! Et ferme ta gueule que je réfléchisse.

Une dizaine de minutes plus tard, le téléphone carillonne. Je me précipite. C'est ma femme qui me prévient que je n'aurai rien à bouffer à midi si je ne passe pas au marché avant de rentrer. Je lui réponds que ça m'ennuie pas de déjeuner chez un gargotier. Elle me rappelle que je ne suis pas seul au monde. Je lui promets d'y penser.

Lino guette ma réaction.

— C'est lui ?
— Non.
— Tu vois !...
— J'suis aveugle, je fulmine, vachement exacerbé par l'imbécillité opiniâtre de mon subalterne.

De nouveau, le téléphone. C'est le patron qui demande après le dossier numéro 6015. Lino me montre sa main.

— Il est au 5, monsieur le directeur.

Six minutes plus tard, c'est mon type qui rappelle. J'ai failli ne pas le reconnaître. Sa respiration est redevenue normale et sa voix, bien que froide, s'est éclaircie :

— Commissaire Llob ?
— Saha ta douche.
— Merci, mais l'eau n'était pas assez glacée. Voilà : le mec, il a les yeux toujours exorbités et la bouche grande ouverte. Il est mort à petit feu. Plus c'est lent, plus ça me détend. Ça fait comme une thérapie... J'ai rien pris, à part mes affaires et

son cœur. J'ai rien cassé, non plus. Tu as un stylo?

— Oui, je fais en cherchant fébrilement dans la paperasse qui encombre mon burlingue.

— Je te donne l'adresse: 10, rue Hamid Soubiane, Hydra.

— Ne raccroche pas. J'ai une question à te poser.

— Tu aurais dû la poser avant. Je te rappellerai. C'est fini.

2

L'ÉTERNEL REFRAIN

Je relis l'adresse sur le bout de papier : Lino piaffe en consultant sa montre. On dirait qu'il retient un besoin pressant. Je le laisse s'esquinter le moral pendant cent quatre-vingts secondes avant de lui demander :

— Tu connais bien Hydra?

Il n'a pas le temps de répondre. Le patron pousse brutalement la porte et envahit mon territoire comme un mastodonte en rogne. De la tête, il ordonne à Lino d'aller se faire voir ailleurs. Une fois le subalterne sorti, le patron se retourne vers moi et essaye de m'intimider avec le laser qui brasille dans ses prunelles éclatées.

— Llob, quand je te dis de te dépêcher, tu secoues tes fesses de marâtre et tu rappliques illico au troisième.

Je soutiens son regard, contourne mon bureau et me laisse choir dans mon siège.

Le patron, c'est un énergumène extrêmement infatué. Il dispose d'une autonomie de zèle, de quoi ravitailler dix révolutions. Il a une gueule de phoque empiffré, des oreilles lourdes de cérumen et des mains de cul-terreux capables de soulever les bottes d'un géant. C'est le genre d'individu qu'il fait bon fusiller, une aube de pluie, rien que pour égayer la chaussée. On se connaît depuis vingt ans et jamais je n'ai pu le blairer. Hypocrite, lèche-bottes, prétentieux, le patron a le mérite de représenter, à lui tout seul, toute la nation des faux jetons. Quelquefois, dans mes rêves, je me vois en train de le bousiller au coupe-ongles ; après ça, je me surprends à siffler et à rire toute la journée.

Je carcaille :

— Tu as demandé après le 6015, et il est au 5.

— Justement. Le dossier devait m'être remis en mains propres, sans passer par la voie hiérarchique. Je te l'avais pourtant bien signifié... Tu vas le récupérer tout de suite. Je t'attends au troisième.

Sur ce, il pivote comme une tornade et s'évanouit. À ce moment précis, mon brave ego s'installe dans ma raison et me reproche de tarder à déposer ma demande de radiation. J'ai dépassé l'âge de la retraite et je n'ai plus cette longanimité qui fait tolérer aux jeunes ambitieux les caprices des patrons râleurs et vénéneux. Et quand j'essaye de m'imaginer en retraité, avec mon petit tricot sur le dos, à errer de nostalgie en nostalgie à travers les rues éprouvantes de la ville, j'ai les jetons et je fais contre mauvaise fortune bon cœur. J'ai toujours associé la retraite à l'antichambre de l'au-delà. Dans un pays où les jeunes languissent, un vieillard ne tiendrait pas le coup. Le seul moyen d'oublier le farniente et le dégoût, d'oublier un peu la vacuité et le népotisme qui falsifient nos jours en y sécrétant une amertume bilieuse, c'est de bosser comme un khemass jusqu'à ce que mort s'ensuive.

À contrecœur certes, mais avec sagesse, je descends au 5 récupérer le 6015 et m'en vais cahin-caha retrouver la face mafflue et patibulaire du patron.

Il ne daigne même pas me proposer une chaise. Je reste debout et le regarde patauger dans le dossier. Comme il a un niveau intellectuel aussi inconsistant que les légendes, il met un temps fou à parcourir la première feuille. À chaque phrase, il se tord le cou sur le côté, gratte les commissures de ses lèvres et exhale une sorte de grognement. Je suis certain qu'il s'attarde devant les majuscules en se demandant à quoi ressemble une lettre capitale au milieu des virgules hasardeuses, des points décalés et des mots sains et répétitifs.

Lassé, je reporte mes yeux martyrisés sur les murs du bureau. Un vrai palais, mes enfants. Un tableau d'Issiakhem, deux Meriem Ben, une effigie de Demagh. Le drapeau du bled est soigneusement déployé au milieu de deux sabres terguis. Sur le bureau vitré, à côté d'une panoplie de téléphones fantaisie, un fouette-queue admirablement empaillé me fixe de ses yeux rouges. Derrière moi, entourant un guéridon de Tlemcen, des canapés majestueux se vautrent sur un superbe tapis saharien.

Ah! Si seulement les apparences s'assagissaient!

Sans arracher ses moustaches du dossier, le patron tire un tiroir, plonge sa main velue dedans et ramène un paquet de Dunhill. Il en allume une avec un briquet encastré dans un écrin de marbre et rejette la fumée par ses narines.

Longtemps après, alors que mes genoux commencent à fléchir, il relève sa tête et déblatère :

— Cette affaire est finie.

J'essaye de protester ; il m'interrompt de la main :

— Ça vient d'en haut, Llob. J'espère seulement qu'ils savent ce qu'ils font.

— Il va encore remettre ça, je rouspète. C'est un récidiviste et il va pousser ses fantasmes plus loin. Maintenant qu'il sait ses méfaits impunis, il va nous les ébranler sérieusement.

Le patron adore me mettre en boule. Ça fait partie des privilèges constitutifs de son poste. Il se renverse sur son dossier, croise les doigts sur son ventre de concubine enceinte et m'adresse un rictus sarcastique.

— Je te dis que ça vient d'en haut. Je tiens pas à recevoir une tuile sur la caboche. Nous, on a fait notre boulot. On a rien à se reprocher, pas vrai ? Si ça les amuse de protéger un fils de chien incorrigible, c'est leur affaire. Un jour, il fera un tel scandale qu'ils seront balayés par les vagues sans avoir le temps de gonfler leur bouée de sauvetage.

— Tu veux que je te dise, monsieur le directeur ?

— Garde ta salive pour le mois de Ramadan. Le dossier est classé, un point, c'est tout. Le père vient juste de raccrocher. Il a promis de surveiller son avorton de très près. D'ailleurs il va l'envoyer au Canada ou aux États-Unis dans moins d'une semaine.

— C'est bien fait pour lui. Ça lui apprendra à se tenir peinard, j'ironise. Leurs gosses foutent la merde partout, et tout ce qu'ils trouvent de bon à faire pour les apostropher, c'est de les expédier aux Amériques.

Dégoûté, je pivote sur mes talons et m'apprête à m'en aller. Le patron me hèle, comme on hèle un groom ou un taxi. Ses yeux de faux allié me mirent.

— Llob, cette affaire est morte ici. Quand tu regagneras le couloir, tu l'auras définitivement gommée de ta mémoire.

Je lui retourne la monnaie de son regard et réplique :

— L'abeille ne pique pas, elle se suicide. J'ai appris mes leçons. J'suis peut-être une grande gueule, mais pas un cancre.

— Encore une chose. Ta demande concernant la cure à Hammam Boughrara a été rejetée.

— Pourquoi ?

— Le budget ne le permet pas.

— Normal, je fais avec amertume, autrement avec quoi va-t-on acheter les billets pour ces rejetons indociles qu'on exile temporairement aux Amériques.

— Tu dépasses tes prérogatives, Llob. Garde ton ressentiment pour toi.

Je ne sais pas ce qui me retient de lui cracher à la figure, à cette andouille au bras long. Je baisse la tête, discipliné et résigné, et regagne mon bureau où je surprends, malgré les restrictions, Lino en train de téléphoner à une nana. Dès qu'il me voit, il s'empresse de prénommer la gosse Ali, lui dit au revoir et raccroche.

— Il te voulait quoi, le boss ?

Je tire sur ma cravate pour dégager ma pomme d'Adam que la colère a fait saillir et m'affaisse dans mon siège.

Lino se gratte sous l'oreille en me dévisageant.

— Il a dû te savonner bien comme il faut. T'as une tête qui ferait blêmir un bureaucrate véreux.

— Laisse tomber, Lino. J'suis pas d'humeur.

Et d'un coup, le type au bistouri perd toute sa crédibilité pour moi. Le boulot me répugne soudainement. J'ai envie de tout plaquer. Et le fait de m'imaginer en retraité, avec mon petit tricot sur le dos, ne m'alarme plus. Impossible de travailler dans une ambiance aussi malsaine. D'un côté, on coffre des péquenots qui débarquent naïvement dans la ville, de l'autre on relâche d'authentiques pestes parce qu'en haut, il y a de gros bonnets qui se disent désolés et qui promettent d'envoyer leurs bâtards pervertis quelque part dans un pays de Cocagne pour les punir. Ça me rend malade. Il n'y a pas deux semaines, j'ai embarqué un petit corniaud parce qu'il a osé dire ce que tout le monde pense tout bas. Il a récolté trente jours pour deux misérables mots. Et voilà qu'on décide de classer une affaire de conduite en état d'ivresse qui a coûté la vie à trois gamins à peine plus hauts qu'une asperge. Tfou !

Sans m'en rendre compte, je défais complètement ma cravate et me surprends à la froisser entre mes mains dévastatrices.

Lino sonne le planton et l'envoie chercher du café. Le planton revient avec des tasses ébréchées et nous sert sans oser regarder de mon côté. Je lui fous la pétoche, à ce connard que le patron m'a détaché uniquement pour m'espionner.

Lino me tend une cigarette.

— Tu veux que je te dise, commy ? Tu te fais des cheveux pour des prunes. Si tu t'amuses à te biler pour les conneries des autres, tu deviendras cinglé et tu passeras le restant de ton purgatoire à fuir des garnements cruels et farceurs. Il suffit d'être au diapason de sa sainte conscience. Tu fais ton boulot et tu écrases. Le reste, c'est pas tes oignons. J'ai vite pigé quand il a demandé après le 6015. S'il existe encore des citoyens au-dessus de la loi, c'est pas de ta faute et c'est pas de la mienne. C'est le système qui veut ça. Et le système, c'est une mentalité. On ne peut ni la saigner, ni la soigner, et ça ne craint pas les honnêtes gens aux bras écourtés.

— Tais-toi, Lino.

— Pense seulement à tes gosses. Ils seront les seuls à te pleurer. Les autres, ça doit pas compter. Le jour où l'inspecteur Tahri nous a suppliés de dénoncer les agissements du patron, il n'a trouvé personne pour l'appuyer. Ni toi. Ni moi. Ni personne. Il a braillé seul et on a tous pensé qu'il était devenu siphonné. Et quand il a été traduit devant le Conseil, il n'a trouvé personne pour le défendre. Aujourd'hui, Tahri cuve son vin de trahi dans les oubliettes de l'ingratitude et personne ne compatit.

Je lève les yeux sur Lino. Il lui arrive d'être lucide parfois, et son air bon enfant m'attendrit. Son sourire bourgeonne aux coins de ses lèvres. Il sait qu'il est dans le vrai ; il sait surtout qu'il a touché une fibre sensible au tréfonds de mon être.

Pour le remercier d'une part, et pour nous venger de l'autre, je me redresse et lui lance :
— Et si on allait récupérer nos frigos ?
Lino pousse un cri triomphant, lève les bras au ciel et court m'ouvrir la porte.
C'est toujours ainsi que j'oublie les vicissitudes de la vie.

3

C'est pas joli à regarder

Il pleut sur la ville comme pleure, dans son cœur, un amant renié. De gros nuages sombres se coagulent dans le ciel. Dans la brume naissante, Alger ressemble à sa Casbah. Les gens se consument sur un pied à attendre un bus impassible. Les taxis ne prennent que les clients qui acceptent les compromis. Un policier grelotte sous son imperméable gelé. Il me salue du menton sans retirer ses mains de ses poches. Devant certaines déconvenues, on passe l'éponge sur la discipline béquillarde.

Je double dangereusement un fourgon garé au beau milieu de la chaussée et dont le chauffeur – malgré le bon vouloir de Lazzouni – est allé chercher son journal dans un kiosque. Derrière moi, la file klaxonne d'impatience. Le chauffeur s'énerve, nous adresse un bras d'honneur et prend son temps. Tout son temps. Car le temps, chez nous, n'a rien à voir avec l'argent.

Le bled fout le camp. Il n'y a plus de correction dans nos rues.

J'enclenche la troisième et accélère dans le chuintement fastidieux de la chaussée gorgée d'eau. Je n'aime pas m'attarder là où le bât blesse le pays.

J'arrive au commissariat avec vingt minutes de retard. Lino m'attend sur le pas de la porte. De loin, il me dit de laisser tourner le moteur.

Il grimpe à côté de moi.

— On nous attend à Hydra, dit-il.
— Qui ça?
— L'équipe de la Criminelle. L'inspecteur Serdj est déjà sur place.

J'emprunte la première ruelle, fais demi-tour, occasionne une pagaille dissonante, essuie quelques insultes salées de la part de la confrérie des automobilistes et fonce sur Hydra tel un aigle sur sa proie.

On débouche dans une rue grisonnante de buée. Quand je mets pied à terre, je me rends compte que la buée se trouve sur mon pare-brise. En tout cas, c'est une venelle pleine de grisaille avec d'un côté des bâtisses aux fenêtres grotesques, et de l'autre des villas plus ou moins cossues, un peu gênées de devoir exposer leur faste face à des immeubles crève-la-dalle. Quelques réverbères continuent de consommer de l'énergie malgré l'heure tardive du jour.

Un fourgon cellulaire, se foutant éperdument du code, stationne sans vergogne en travers de la chaussée. Je reconnais le tacot de l'inspecteur Serdj et la Peugeot cabossée de la maison.

Le portillon numéro 10 est obturé par l'obésité d'un agent aux moustaches indécentes. Sa bouche est indécente aussi. Et sa façon de monter la garde est aussi dénuée de sérieux qu'un conciliabule de mégères. Il me salue gauchement en oubliant de s'écarter. Lino a dû le repousser pour aérer notre horizon.

Avant d'arriver à la villa, il faut traverser un immense jardin que bouffe une végétation anarchique. Deux arbres fruitiers veillent sur la désolation, déguenillés et rachitiques. On gravit un perron de quatre marches de marbre qu'avale une véranda capable d'abriter une corrida.

L'intérieur est tout simplement somptueux. Ça pue le fric et l'ostentation jusque dans les recoins les plus reculés du salon. Il y a des sofas et des antiquités partout. Un gigantesque lustre en cristal cascade du plafond. J'ai même un tantinet honte de traîner mes semelles éculées et barbouillées sur les tapis qui doivent valoir treize fois mon salaire.

Deux flics en uniforme furètent çà et là. Je parie qu'ils font semblant de s'activer uniquement pour m'en mettre plein la vue. Dans la salle de bains, un autre flic est en train de dégueuler sa tripaille. Il a la tête dans le bidet et, à chaque haut-le-cœur, il relève les fesses et dégueule dans un mugissement inquiétant.

L'inspecteur Serdj se montre en premier. Il nous fait signe de le rejoindre. Il a l'air tellement renversé qu'il omet de nous serrer la main. Rien qu'à le dévisager, on a une idée de ce qui nous attend.

— C'est pas beau à voir, commissaire.

Déjà les premiers remugles d'une puanteur pestilentielle nous griffent les narines.

Quand j'étais petit, berger, débonnaire, alors que je folâtrais dans les bois avec cousine Badra, nous avons été témoins d'une scène atroce : trois soldats roumis finissaient de découper en rondelettes un paysan. Ce que j'avais vu ce jour-là m'avait obsédé pendant des années. Ma mère m'avait emmené chez les plus illustres des taleb. Et quand j'ai été guéri, j'ai tout de suite pensé que plus jamais je ne risquerai d'être traumatisé. Pourtant ce qui m'attend dans la pièce du fond va me couper en deux.

Dans la chambre, une odeur de charogne pourrissante. Sur le lit défait et ensanglanté, allongé sur le dos, les bras et les jambes écartés, un homme fixe le plafond. Il a les yeux exorbités et verdâtres, la bouche ouverte et le ventre béant du nombril à la gorge. Ses boyaux se sont déversés sur ses flancs.

Lino pousse un juron et s'enfuit dans le couloir. Je l'entends râler et rejeter son petit déjeuner.

D'une main tremblante, j'appuie un mouchoir sur mon nez. L'inspecteur m'étonne par son courage. Il m'explique qu'il a déjà dégueulé avant notre arrivée. Il ouvre un petit calepin dans lequel il a recueilli de maigres informations.

— Retournons dans le salon, commissaire. Ça pue ici et on pourra pas causer à tête reposée. Et puis, on risque de gober un tas de microbes.

— Où est le médecin légiste ?

— Dans la pièce d'à côté. C'est un bleu, et c'est son premier cadavre. Je le laisse reprendre son souffle.

— On a pris des photos ?

— Sous tous les angles.

D'un œil expert, je scrute les alentours. Il y a du sang partout, sur le tapis, sur le mur. Les vêtements du mort reposent correctement sur une chaise. Apparemment, aucune trace de violence.

Les bibelots, les meubles, le téléphone, la photo d'un jeune officier, les tiroirs, la table de chevet... rien n'a été dérangé. La fenêtre est fermée. Aucun carreau de cassé. Mon œil s'arrête sous un abat-jour, fronce le sourcil et avise une étoile noire à cinq branches.

Je me retourne vers l'inspecteur :

— Qui est-ce ?

— On ne sait pas encore. Le voisin de gauche est absent. J'ai envoyé un agent chercher celui de droite.

— Qui l'a trouvé ?

L'inspecteur lit dans son bloc-notes.

— Quelqu'un a téléphoné au bureau. Il a demandé après toi. Ensuite il nous a raconté dans les moindres détails comment il a charcuté un homme, puis il nous a donné cette adresse.

Ça fait tilt dans ma tête. Il s'agit sûrement du type qui m'a téléphoné il y a trois jours et que Lino prenait pour un rigolo. Ma nuque se hérisse.

Le médecin s'amène enfin, légèrement honteux de sa faiblesse. Il raconte avoir assisté à un tas d'autopsies, disséqué une bonne douzaine de souris blanches, mais qu'il était loin de penser affronter, un jour, un cadavre aussi sauvagement réduit en pièces. Je lui dis deux mots encourageants et le laisse ausculter le macchabée.

Je cherche d'éventuels indices dans la chambre. Je me rappelle que l'assassin avait parlé de prendre une douche. Dans la salle de bains bleue, sur la glace, on a écrit en arabe avec un bâton de rouge à lèvres : *Pour ma femme*.

J'appelle le photographe et lui ordonne de prendre plusieurs clichés du miroir.

Lino a retrouvé un soupçon de ses couleurs

congénitales mais il n'est pas près de retourner dans la chambre mortuaire. Il est effondré sur une marche, la tête dans les mains, une ombre fantomatique dans les yeux.

Je m'assois à côté de lui et lui annonce :

— C'était le type de l'autre jour.

— Il pouvait pas tuer simplement, comme tout le monde ?

— Y a des gens comme ça, Lino.

— C'est un dingue.

— J'en ai bien peur.

— Tu penses qu'il va remettre ça ?

— J'espère que non.

Un agent arrive avec un homme mal réveillé, les cheveux troublés et les paupières tuméfiées. Il porte encore son pyjama sous son manteau.

— C'est le voisin de droite, commissaire.

Je me lève et déboule l'escalier. L'homme comprend que quelque chose ne tourne pas rond car il zieute partout et serre frileusement les doigts.

— Qu'est-ce qui se passe ici ? chevrote-t-il.

Je lui tends la main.

— Commissaire Llob, de la Criminelle. Je suis désolé de te déranger. J'aimerais te poser deux ou trois questions.

— Je t'écoute, monsieur le commissaire. Je m'appelle Laroui. J'habite au 8. Je suis avocat... Je suis à ta disposition, mais avant je voudrais qu'on éclaire ma lanterne.

— Il y a un cadavre au premier.

Ça le réveille comme un bidon d'eau glacée.

— Un cadavre ? C'est pas possible. M. Moumen n'est pas encore rentré de Paris. D'habitude, il me demandait de l'attendre à l'aéroport.

— Vous êtes amis ?

— Plus encore, nous sommes voisins.
— Il vivait seul ?
— Sa famille et lui vivent à Ghardaïa. Ils ont une usine là-bas. Cette villa, c'est juste pour les affaires et ses passages dans la capitale... Tu es sûr que c'est bien lui ?
— Serais-tu capable de l'identifier ?
— Bien sûr.
— Je te préviens, maître, c'est pas joli à regarder.
— J'ai déjà vu des morts, commissaire.

Je l'invite à me devancer. L'avocat grimpe rapidement l'escalier, accuse un soubresaut au contact de la puanteur, serre les mâchoires et s'aventure dans la chambre. Il n'a pas résisté longtemps. Tout de suite, il rebrousse chemin, en titubant, s'écroule et se met à rendre son dîner sur l'édredon.

Je ricane. Moi, les prétentieux, ils ont pas de place dans mon cœur.

J'attends qu'il retrouve son équilibre et lui chuchote :

— C'est ton industriel ?
— Je n'ai pas eu le temps de regarder son visage.
— Tu veux y retourner ?
— Je ne crois pas.

Je le prie de m'attendre et m'engouffre, avec cette vaillance qui sied si bien aux conquistadores, dans le musée de l'horreur. Je prends la photo du jeune officier et reviens la montrer au défenseur des hommes.

— Le cadavre qui se décompose là-dedans, c'est celui de ce militaire.

35

L'avocat se frappe le front avec le plat de sa main.

— C'est Rachid... le fils aîné.
— C'était un militaire ?
— Non, cette photo, il l'a prise du temps de son service national.
— Quel genre de type c'était ?
— Très correct. Consciencieux, aimable...
— Il faisait quoi comme boulot ?
— Il était médecin... Mon Dieu ! C'est horrible.

Je tends la photo à Lino.

L'avocat est livide. En l'espace de quelques minutes, il a vieilli de vingt ans. Je l'aide à se relever. Il chancelle, s'agrippe à la rampe et essaye de respirer. Les miasmes l'étouffent. Il se dépêche de rejoindre le salon, moi à ses trousses. Je commande à un agent d'aller chercher un verre d'eau ; l'avocat me remercie :

— Ça va, commissaire, je vais bien. Quel gâchis ! On aurait dit qu'il a été rejeté par la gueule d'un crocodile... Il est mort depuis quand ?
— Depuis mercredi, à dix heures pile.
— Mon Dieu ! Ça fait trois jours qu'il est là et je savais pas... A-t-on arrêté son assassin ?
— Pas encore. Tu n'as rien remarqué, ces derniers jours ?

Il réfléchit, tire sur ses lèvres et fait non de la tête.

— Le mercredi, je l'aide, vers dix heures, peut-être un peu plus tôt...
— Non, commissaire... Le mercredi à dix heures, je dormais. Je travaille la nuit, chez moi, pour mieux étudier mes dossiers. Je rejoins mes bureaux dans l'après-midi, sauf les jours de procès... C'était un jeune irréprochable, Rachid.

Convenable. Pieux. Jamais je n'ai vu une fille douteuse franchir le seuil de cette maison. Les Moumen sont des gens du Sud, très à cheval sur les principes et les traditions.

— Tu as dit que cette villa n'est pas occupée longtemps.

— En été, la famille Moumen s'y installe pendant une quarantaine de jours, des fois moins. Le reste du temps, c'est un gardien qui est là.

— Un gardien ?

— Il est parti marier sa fille dans la région de Tadmaït.

— Depuis quand ?

— Dix ou douze jours. Rachid a un appartement à Kouba. Il vient rarement ici.

Le médecin légiste apparaît au haut de l'escalier.

— L'ambulance est dehors, commissaire. Peut-on évacuer le mort ?

— Oui, oui... L'inspecteur a fini avec lui ?

— Je pense que oui.

— Vous pouvez l'embarquer. Encore une chose, docteur. Il est mort depuis quand ?

— Difficile à dire avec exactitude pour le moment, mais ça peut dater de trois jours.

Je prends les coordonnées de l'avocat, le remercie et le fais raccompagner par un agent.

— Commissaire, crie Lino, téléphone pour toi. Ça m'a tout l'air d'être le cinglé.

— Comment tu le sais ?

— Il a une voix qui donne des frissons.

Je monte quatre à quatre les marches. L'inspecteur prie le combiné de ne pas couper et me cède sa place.

Je reconnais derechef la respiration asthmatique à l'autre bout du fil. D'un clin d'œil, j'invite Serdj à s'emparer de l'écouteur.

— Commissaire Llob, je t'écoute.

— T'es une ordure, commissaire, une ordure, une crotte de chien et un fils de pute.

— Eh là, doucement...

— Tu m'as pas cru. Pourquoi ? Pourquoi t'as refusé de me croire ? J'ai l'air de quoi, maintenant ? À qui faut-il que je m'adresse ? (Sa voix hoquette et sanglote. Il n'y a pas de doute ; le type qui me parle, c'est un dingo.) Tu m'as blessé. Tu m'as humilié. Et j'ai cassé mon miroir tellement j'arrivais pas à me regarder en face. Je t'ai fait confiance, et tu m'as ignoré. Comme les autres. T'es pas plus honnête que les autres, Llob. Et j'suis triste à cause de toi. Et j'arrive pas à m'regarder dans la glace. Et j'passe mes nuits à m'poser un tas d'questions. J'veux pas qu'on m'ignore. J'peux pas supporter l'indifférence. Qu'est-ce qu'il faut que je fasse pour exister ? Que je me tue dans la rue ? Que je m'égorge sous le Maqam ? Ordure, tas de merde, fils de péché, fils de chien !

Je recule légèrement le combiné pour éviter le jet de ses crachats. Au bout d'un chapelet d'obscénités, la voix s'apaise, devient bizarrement affable :

— J'te demande pardon, commissaire. Ça m'a échappé. J'aime pas insulter les gens. Mais tu m'as profondément blessé. Promets-moi de me croire sur parole, la prochaine fois.

— Tu vas pas recommencer ton numéro, voyons. Un cadavre suffit. Je te promets de t'aider, si tu te livres aujourd'hui. Inutile de parsemer ton chemin de sang et d'horreur. Je ferai tout mon possible pour te protéger. Rends-toi, et n'en parlons plus.

— J'peux pas, commissaire. J'peux pas. Il en reste encore cinq.
— Mais pourquoi ?
— Y a un mot dans la salle de bains.
— J'ai vu, et c'est pas suffisant.
— Je l'aimais bien, ma femme. C'était quelqu'un de bien. Très gentille et pudique. Je crois qu'elle m'aimait aussi. J'étais pas assez riche pour lui offrir la lune, mais elle demandait rien d'extravagant. Elle comprenait. Elle était modeste, ma femme. C'est peut-être pour ça que je l'aimais tellement.

De nouveau, il se remet à pleurer. Ses gémissements ont quelque chose de terriblement pathétique...

— Allô, tu es là ?...
— Justement, commissaire. C'est mon problème. Je suis encore là. Ma femme est partie, et moi je reste là comme une trace de semelle que le vent ne parvient pas à effacer. Je souffre. J'ai tellement de chagrin. J'ai pas d'amis, pas de parents. J'ai rien. Je suis seul au monde, Llob. C'est horrible d'être seul au monde.

L'inspecteur Serdj griffonne hâtivement dans son calepin, notant ce que dit la voix au bout du fil.

Je relance :

— Pourquoi as-tu fait une chose pareille ?
— T'as rien pigé, commissaire. Personne ne me comprend depuis que ma femme est partie. Je peux pleurer, lacérer mes joues, je peux me cogner la tête contre un arbre, et personne, personne ne s'apitoiera. (Il hurle soudainement.) Vous êtes aveugles ou quoi, merde ! Vous voyez pas que je souffre, bande de chiens, bâtards, purée de merde... J'vous arracherai bien le cœur, un

jour. Oh, oui ! je vous ligoterai avec du fil de fer, je mettrai un torchon dans votre gueule, ensuite je vous regarderai paniquer, me supplier des yeux, vous débattre, vous écorcher les poignets sur le fil de fer. Puis, doucement, avec sérénité, je poserai mon bistouri sur votre nombril, exactement comme un peintre caressant sa dernière toile, et d'un coup je l'enfoncerai jusqu'à ce que ma main rencontre vos tripes chaudes. Et millimètre par millimètre, je remonterai jusqu'à votre gorge. Et quand une humeur vitreuse voilera votre regard, je vous arracherai le cœur comme on cueille un fruit. Une fois le rituel observé, et pour éteindre momentanément la braise qui martyrise mon cerveau, j'irai prendre une douche dans vos propres maisons.

Il raccroche.

Le déclic, au bout du fil, me réveille. Pendant un moment, j'étais dans un monde parallèle, effroyable et éclaboussé de traînées sanguinolentes.

L'inspecteur Serdj me fixe d'un œil stupéfait. Il ne sait plus s'il doit dire quelque chose ou bien la mettre en veilleuse.

Dans mon dos frissonnant, une sueur glaciale ruisselle.

4

N'ALLEZ PAS À RIAD

Il y a des jours comme ça où l'on a l'impression de recevoir toute la noirceur de la Fatalité sur les épaules. D'abord vous vous levez du mauvais pied, vous renversez votre tasse de café sur vos genoux, vous manquez de vous défigurer sur une marche de l'escalier, ensuite, c'est votre bagnole qui déconne à cause d'une batterie déchargée. Et quand vous échouez dans votre bureau, vous avez ce sentiment horripilant et obstiné d'avoir oublié quelque chose, impression qui vous fera grincer des dents pendant longtemps.

C'est donc avec une gueule de singe furibard que je m'affale derrière mon burlingue.

Lino s'assoit en face de moi et étale une feuille 21 × 27 sur laquelle je reconnais son écriture gauche et tortueuse de ressortissant de la catastrophique École fondamentale.

— Du nouveau ? je demande.

Lino se racle le gosier, redresse l'échine, semblable à un poète un peu sûr de sa valeur s'apprêtant à entamer son récital.

Il brame :

— La victime : Rachid Moumen, sexe masculin, taille 1,83 m, brun, médecin de profession, trente-six ans, célibataire, signe particulier...

— Arrête, arrête. Je te demande pas de me dresser le portrait-robot d'un suspect.

Lino toussote de nouveau, repousse du doigt ses binocles bon marché, saute plusieurs lignes et reprend :

— Le médecin légiste a constaté la disparition du cœur de la victime. On a trouvé une barre de fer dans le jardin. L'assassin l'a utilisée pour forcer la porte de secours. On a aussi décelé des traces de semelles sur le perron. Pointure 43.

Je soupire.

Lino arrête de fariboler. Il regarde ma grimace écœurée, se gratte sous l'oreille et s'embusque derrière sa feuille.

— Où est Serdj ? je brame.

— Il est retourné au 10, rue Hamid Soubiane. Il a pris l'équipe du 3 avec lui.

— Et les photos ?

— C'est raté. Cet imbécile de photographe s'est encore trompé de produits. En plus, son fixateur est périmé.

J'ai envie de m'arracher les cheveux jusqu'à ce que ma vieille cervelle me dégouline sur les tempes.

Lino farfouille dans le désordre de ses notes, croit repérer une information sérieuse, puis il laisse tomber.

— La famille de la victime ? je demande.

— Elle a été contactée. Le père aussi. Il va rentrer de Paris cet après-midi.

— Alors, comme ça, personne n'a rien vu, rien entendu.

Lino hausse des épaules embarrassées.

— Tu sais, commy? Le voisinage est comme qui dirait réticent et pas coopératif. À part l'avocat, que dalle! Même l'éboueur qui devait nettoyer les parages à l'heure du crime dit n'avoir rien remarqué d'inhabituel ce matin-là.

Le téléphone vagit.

— Ouais? je gueule.

— C'est moi...

Je sursaute, m'agrippe au combiné et fais signe à Lino d'actionner le magnétophone. Dans sa précipitation, Lino s'embrouille et n'arrive pas à trouver le bon bouton.

— Ne coupe pas, je supplie.

— Qu'est-ce qui s'passe, commissaire, ricane le Dingue. Tu me branches sur écoute ou quoi?

Ça manque de me renverser. Je bredouille des jurons incohérents, balaie avec hargne la main égarée du subalterne et appuie sur le bon bouton. À mon grand soulagement, les deux bobines se mettent à tourner.

— Qu'est-ce qui te fait dire que je t'enregistre?

— Une idée comme ça. T'es seul?

— Heu, oui...

— C'est moche d'être seul, n'est-ce pas? Moi, j'suis toujours seul. Dans la foule, je passe inaperçu. Quand je marche sur le pied de quelqu'un, je m'empresse de lui demander pardon. Mais le gars a l'air de ne pas me voir, de ne pas m'entendre. Ça fait un drôle d'effet la solitude, comme un arrière-goût. Je ne te dérange pas, commissaire?

— Pas le moins du monde.

43

— Ben, sait-on jamais. Des fois, c'est dérangeant de causer. Avant, j'avais un pote. Un pharmacien. Il m'écoutait causer tout en travaillant. Je croyais que ça le dérangeait pas. Et puis, un soir, il a éclaté. Il a dit que j'suis un fieffé bavard, que j'suis jaloux de son job et que j'fais exprès de causer sans arrêter pour l'empêcher de gagner sa croûte. Ben, je te dis pas. J'étais baba. Tu parles ! Si j'm'attendais à une baffe pareille ! Alors, j'suis devenu prudent, tu saisis ? Je veux plus ennuyer les amis, parce que je tiens à les garder. Le pharmacien, je l'ai pas revu. J'ai même changé de quartier pour pas le déranger. Faut pas abuser de la prévenance des gens. C'est vrai ou pas ?

— Tu as raison.

— Donc, si des fois ma voix t'irrite, te gêne pas. Tu me raccroches au nez. Je veux pas abuser de ton temps. J'suis pas un malappris, moi... Seulement, j'ai plus aucun ami. Et mon reflet, dans le miroir, il m'écoute, mais il me répond pas. J'ai dit, et si Llob était dans son bureau ? J'ai tout de suite fait ton numéro. Et t'es là. C'est soulageant.

— Pourquoi ne viendrais-tu pas dîner à la maison ? Comme ça on pourra converser comme de vrais amis.

— Tu te paies pas ma tête des fois, commissaire ?

— Absolument pas.

— Alors pourquoi tu m'invites chez toi ? Tu sais très bien que j'ai buté un mec et que la police me recherche. Tu cherches pas à me piéger, hein ?

— Non, pas du tout.

— Ta gueule ! Tu me prends pour un demeuré ou quoi ? J'ai l'air d'un idiot, moi ? J'ai l'air d'un idiot ?

— *Hacha Lillah...*

Il se calme. Je l'entends respirer comme une soupape folle.

Il continue :

— Est-ce qu'il t'arrive de lire, commissaire ?

— À part El Massa, rarement.

— C'est très mauvais. Faut lire. C'est instructif, la lecture. Moi, je lis tout l'temps. Ça me fait oublier le passé, tu saisis ? Avant, je me soûlais à mort. Après, je me suis mis à la prière. C'est un bon remède, la prière. La nuit, j'ai des insomnies. Alors je bouquine : El Ghazali, Malek Benabi, El Afghani, et d'autres.

J'essaye de le retenir au maximum. Comme je n'avais rien préparé pour, je ne trouve rien à lui dire.

Je hasarde :

— Un croyant ne peut pas perpétrer un meurtre aussi bestial.

— J'sais pas ce qui me prend, commissaire. Je le jure. Y a des jours où je me sens bien dans ma peau. Je m'intéresse à tout, aux arbres, aux passants, aux voitures, aux hirondelles. J'aime bien les hirondelles. Elles portent le deuil sur le dos, et l'espoir sur le ventre... Je me sens bien, détendu, et je deviens même vétilleux. Et puis, y a des jours où tout bascule dans le noir. Plus rien ne compte pour moi, en dehors de mon bistouri. Une braise s'ancre dans mon cerveau. J'ai mal, mal, mal. Et j'sais plus ce qui m'arrive. Après, quand je prends *la* douche, je recouvre ma béatitude. J'observe les oiseaux, et je siffle avec eux...

— Pourquoi m'as-tu choisi, moi, parmi tant d'autres commissaires ?

Lino hoche la tête pour me signifier qu'il approuve ma question.

Un silence méditatif, et le Dingue répond :

— Tu es un homme de bien, Llob. Tu as une petite auto vieille de dix ans. Tu habites une maisonnette modeste, presque pauvre. Ta femme porte le voile quand elle sort. Tes gosses sont polis et simples. Tu paies tes emplettes, et quand il t'arrive de rendre service, tu le fais en restant désintéressé.

— Je vois que tu en connais un bout sur moi.

— J'ai mis trois ans à élire un bon commissaire. Les honnêtes gens ne courent plus les rues, de nos jours. J'ai dit comme ça, ce Llob est réglo. C'est lui que je choisirai pour ma longue randonnée sanglante.

— C'est une bien drôle de façon de récompenser les braves.

— Peut-être bien. Moi, je suis comme ça. J'ai une façon personnelle d'observer les convenances. Sais-tu que j'ai été ?...

Il se tait brusquement.

— Allô ?...

— Je suis toujours là, commissaire.

— Tu étais quoi ?

— Tu me déçois, Llob. Qu'espères-tu me faire dire ?

J'avale ma salive. Lino essaye de me souffler quelque chose. Il articule silencieusement en s'aidant de ses mains. Je lis sur ses lèvres et je saisis.

— Pourquoi l'as-tu tué ?

— Ce soir, commissaire, à 20 heures, je t'attendrai à Riad El Feth. Tu te posteras devant la cabine téléphonique à côté du Club du Livre. Tu ne bougeras pas jusqu'à ce que je t'appelle. Viens seul. Je répète : viens seul. Si tu essayes de me doubler, je me fâcherai.

— Comment dois-je te reconnaître ?

— J'suis pas con à ce point, Llob. Arrête de me prendre pour un demeuré.

Il raccroche.

Lino retrouve son expression de bovin hébété. Il a la gueule tellement grande qu'en y grattant une allumette, on verrait la couleur de son slip. Son gosier émet des exhalaisons à assommer un putois.

— Rabaisse le clapet de ton égout, Lino. C'est pire que les latrines.

— C'est pas de ma faute si je trouve pas de dentifrice sur le marché... Qu'est-ce qu'il a encore raconté, le vampire ?

Je ramasse mon magnétophone et l'emporte au troisième. Au départ, le patron croit que je lui apporte un cadeau, histoire de séduire sa complaisance. Son sourire de murène s'éclipse dès qu'il assimile de quoi il retourne. Il s'écroule dans son fauteuil, visse un cigare cubain dans son bec et me nargue positivement. Je feins de l'envoyer au diable et fais marcher le magnéto. La voix du Dingue résonne dans le silence, semble ricocher sur les oreilles scellées du patron qui n'a pas l'air d'écouter. Il tient sa tête renversée, le nez érigé, s'amuse à confectionner des cercles avec la fumée et contemple les spirales bleuâtres s'effilochant au plafond.

— C'est le gars au bistouri ? qu'il jappe, à la fin.

— Apparemment, oui.

— Comment ça « apparemment » ? Faut te décider, mon vieux. C'est lui ou pas ?

— C'est lui.

— Tu as des preuves ?

Je lui conte l'histoire depuis le début. Là aussi, le patron s'évade dans ses rêveries. Avec une désinvolture révoltante, il donne de petits coups avec son doigt sur le cigare pour détrôner la cendre, se trémousse comme un énorme porc empiffré dans sa fange, clappe des lèvres et ose :

— Je comprends rien à ton charabia. Tu as oublié les procédures en vigueur. Si tu ne te sens pas en mesure de mener l'affaire, dis-le maintenant. Un dingue se balade en ville, et il faut le neutraliser au plus vite. Si tu n'es pas de taille, je désignerai quelqu'un d'autre.

Je remets mon magnéto dans sa sacoche. Mes mains vibrent de fureur. Je lutte tel un titan pour m'empêcher de lui rentrer dedans, à cette tête de pioche zélée.

— Je veux que tu places tes meilleurs hommes à Riad El Feth. Le toqué va certainement t'appeler d'une cabine environnante. Je veux que tes gars aient à l'œil toutes les cabines de Riad.

— Il a menacé de...

— Tu as la frousse, Llob.

— Je n'ai pas la frousse, me déchaîné-je. Il m'a dit de venir seul. Et il est là, quelque part dans la rue, en train de me surveiller pour voir si j'applique ou pas ses instructions.

— Et alors ?

— Alors, il risque de repérer mes gars.

— Il ne saura rien, fulmine le patron pour dominer ma véhémence. Il ne pourra pas filer tout le monde en même temps. Tu vas envoyer tes gars au Maqam, et tout de suite. Ils resteront là-bas jusqu'à ce que le maboul t'appelle. Tout c'qu'ils auront à faire, c'est de faire comme tout le monde sans quitter les cabines des yeux. Je vais quand même pas faire ton travail à ta place.

Je toise le patron.

Ce soir, dans ma prière d'el Icha, je ferai un vœu macabre.

À dix-huit heures, je pointe au Maqam. J'ai jugé opportun d'être en avance pour avoir suffisamment le temps de reconnaître le terrain. Il y a un monde fou à Riad. Des familles entières hantant les boutiques scintillantes de mirages. Des bouseux intimidés par les lumières agressives, le parterre étincelant et la démarche altière des nouveaux nababs. Des citadins qui rappliquent des quatre coins du pays, les yeux abîmés par les déceptions excessives. Il y a aussi cette secte constipée qu'on appelle Tchitchi et qui croit dur comme fer que le seul moyen d'être de son temps est d'imiter les ringards décadents de l'Occident. Et ça roule des épaules. Et ça déporte les lèvres sur le côté quand ça patatipatatasse. Et ça se serre le croupion dans des jeans étriqués. Et ça cause français sans accent et avec des manières de pédale.

Écœurant !

Toute cette marmaille de rupins qui s'américanise aveuglément. On a chassé le colon, et il nous revient au galop, sous d'autres accoutrements. Et t'as pas intérêt à causer arabe sinon tu risques d'attendre longtemps avant d'intéresser le marchand de pizzas.

Vous vous demandez sûrement pourquoi, moi, j'écris en français. C'est parce qu'on n'enseignait pas l'arabe à l'école, de mon temps. J'ai cinquante piges et des poussières, et je porte encore dans mes chairs des saloperies de tatouages avilissants. Seulement moi, je me soigne... Quand j'étais à l'école, je pensais vraiment que mes ancêtres c'étaient les Gaulois et que, dans mes veines de sous-alimenté, coulait le sang de Vercingétorix. Et quand mon père a appris ça, il m'a refilé une mémorable raclée avant de scarifier dans mon crâne, un à un, les noms de l'émir Abdelkader, de l'émir Khaled, de Ben Badis, d'El Mokrani, de Bouamama et des autres.

Mon père était le cadi du douar. Il me disait constamment : « Fiston, si tu veux être un homme digne, recueille-toi sur la tombe de tes morts. Si tu veux être libre, regarde ton pays avec des yeux de coupable contrit. Ainsi, tu te reprocheras chaque anomalie dans le ciel de ta patrie, et tu chercheras toujours à les corriger. » Et il me disait aussi : « La patrie, fiston, c'est la fierté d'appartenir. »

Des vieux comme le mien, le temps d'aujourd'hui ne connaît plus la recette pour les fabriquer.

De nos jours, les papas chéris, exaltés par le gain facile et la complicité des eaux troubles, expédient leurs rejetons aux USA pour les punir. Le pays, pour eux, c'est juste une grande surface sommairement aménagée pour écouler sans vergogne leur abus de confiance.

Le bled chavire, menace de sombrer, et les rats, conscients du naufrage imminent, se construisent des palaces et érigent de fabuleux comptes bancaires en terre chrétienne... Purée de nous autres !

Je pénètre dans une espèce de snack-marque-déposée. Des filles à peine écloses rigolent à gorge déployée aux caresses indiscrètes de jeunots peu recommandables. Elles portent des rubans criards autour de la tête, des bijoux à chaque doigt, et tortillent leur minuscule derrière au son d'une musique licencieuse. L'une d'elles se retourne vers moi, puis se penche vers ses compagnons et leur susurre quelque chose. Tous ensemble, ils me toisent en éclatant de rire. Ils se paient ma tête, ces asticots de merde copieuse. Du temps de mon adolescence, jamais je n'aurais osé lever les yeux sur un adulte... Adieu, l'humilité... Adieu, le respect...

Il y a des jours où je me dis, honnêtement, que les trente années d'indépendance nous ont fait plus de tort que les cent trente-deux années de joug et d'obscurantisme.

Je m'approche du comptoir et commande une Mouzaïa. Le garçon préfère astiquer sa planche. Il schlingue les senteurs d'outre-mer et ne daigne même pas me gratifier d'une œillade.

Je réitère ma demande.

Autant conter fleurette à un clocher.

Je me fâche :

— Hé, morveux ! Ça vient, cette Mouzaïa ?

Le morveux soulève un sourcil. Il se prend vraiment pour un play-boy, le p'tit.

— Y en a pas.

— Et ça ? je fais en montrant une caisse.

— C'est pas pour toi, vieux.

Je lance mon bras, le prends par le cou et l'attire vers moi. Nos nez se frôlent.

— Doucement, pépé, qu'il dit avec un calme dédaigneux. On est pas au Far West. Retire tes sales pattes de douariste car tu froisses mon nœud papillon.

Je le repousse et file dehors. Je n'ai plus envie de me désaltérer. Je commence à regretter mes deux heures d'avance. Il n'y a rien à regarder à

Riad El Feth. Sinon l'affront que tout un chacun fait au bled.

— Sandra! Sandra! glousse une pouffiasse ébouriffée.

Sandra pivote sur ses talons. Tu parles d'une «Sandra»! Et ça se baptise pompeusement en se fardant une gueule qui ferait débander un gorille en rut.

Ma montre indique vingt heures moins dix. Je remonte au Club du Livre et me plante devant la cabine. Une dame s'amène. Je la prie d'aller téléphoner ailleurs.

— Comment osez-vous, goujat! mugit-elle dans la langue de Molière.

— Police, madame. Cette cabine est...

— Vous allez voir de quel bois je me chauffe, malotru.

— Dans ce cas, madame, je vous conseillerais d'installer le gaz de ville chez vous. Ça vous évitera le poids de bien des fagots.

Elle s'embrase comme une tomate devant la nudité brutale du jardinier, crispe ses petites menottes de fausse snobinarde et s'éloigne furieusement.

Elle revient avec un barbu qui ressemble comme un frère à un slougui[1] en deuil.

— Depuis quand empêche-t-on les gens de téléphoner? lance-t-il dans la langue d'un pied-noir nostalgique.

J'extirpe ma carte:

— Je suis le commissaire Llob. J'attends un appel important et prioritaire.

— Ce n'est pas une raison pour...

---

1. Lévrier arabe.

— C'est un appel prioritaire, monsieur.
— Mon œil ! Tu vas calter fissa, mon brave. Sinon, je te tirerai les oreilles.

S'il prend des ailes, le mec, c'est qu'il doit être épaulé. Seulement, avec bibi, c'est pas facile de voler. Je remets ma plaque dans ma poche et grogne dans un arabe katebien :

— Si dans une seconde, t'es encore là, je cesserai de me porter garant de ta santé.

La bourgeoise a la pétoche. Sûr qu'elle me prend pour un ogre. Elle tire son jules par le bras et le supplie de battre en retraite. Le mec branle de la tête pour camoufler son repli. Il clabaude :

— Tu entendras parler de moi bientôt, commissaire Llob.

— C'est ça, l'important est de n'avoir pas ta figure sous les yeux.

Ils déguerpissent au moment où le téléphone tintinnabule. J'appuie sur mon émetteur caché sous mon aisselle et alerte mes gars.

— Attention, mes poulets. À vos postes.
— N° 1, rien à signaler.
— N° 2, y a une dame qui téléphone depuis un bon moment.
— N° 3, RAS.
— N° 4, je vois rien.
— N° 5, je vois un jeunot.

Je décroche en pestant.
— Commissaire Llob ?
— Qui veux-tu qu'ce soit ?
— Toilettes pour dames. Porte du fond.
— C'est quoi, ce code ?

Il raccroche.

Je pousse un juron et fonce dans la cohue, bousculant et coudoyant pour me frayer un passage jusqu'aux toilettes. Une fille arrête de se poudrer le nez et pousse un miaulement en me voyant surgir devant elle.

— C'est pour les dames, ici! qu'elle chiale.

La porte du fond est close. Je recule et manque de me déboîter l'épaule dessus. Je frappe avec mes pieds plusieurs fois avant de faire sauter la serrure.

Ce que je vois me fige.

La nana effarouchée approche, regarde, perd aussitôt son amazigh et tombe dans les pommes.

Dans le cabinet, effondrée sur le bidet, une femme morte. Elle est nue au-dessus de la ceinture et elle a le ventre ouvert d'un bout à l'autre. Une énorme tache de sang grumeleuse souille le parterre.

La morte me fixe d'un œil incrédule. C'est comme si elle refusait d'admettre ce qui lui est arrivé.

Dans sa bouche exsangue, une étoile noire à cinq branches me défie.

5

Le Dingue se rebiffe

Je rentre chez moi, tard dans la nuit, lessivé, les yeux cernés et le ventre retourné. Mina, ma bête de somme, fronce les sourcils devant ma mine de limier bredouille, s'empresse de me débarrasser de mon manteau et de ma veste de feu Sonitex et les accroche à un portemanteau rudimentaire. Les enfants sont dans le salon à suivre les informations à la télé. Le speaker est franchement rebutant. Il est là, insolite sur le petit écran, à massacrer, à coups de lapsus, l'insigne langue El Akkad. Avec sa gueule de chat-huant mouillé, il nous apprend qu'un train a déraillé à Calcutta, que les inondations ont quasiment submergé la Tunisie, que les sionistes continuent de tabasser des gosses de huit ans, que rien ne va plus à l'Est, et qu'à l'Ouest germent déjà les prémices de l'Apocalypse.

Mes enfants l'écoutent. Comme ils ne sont pas branchés sur la parabolique, ils tolèrent ce qu'ils ne peuvent pas empêcher avec ce courage émouvant qui sied si bien aux sacrifiés des bonnes causes. Mohamed a vingt-six ans. Il a été à l'université. En décrochant son doctorat d'histoire-géo, il s'est aperçu qu'il n'y avait pas de job pour son diplôme nulle part. Grâce à mes relations, j'ai réussi à le caser comme secrétaire dans une entreprise à la dérive. Mourad, de deux automnes son cadet, rêve de porter l'uniforme de la marine marchande. Quand il était petit, il adorait fuguer. Nadia est tout simplement merveilleuse. Cheville ouvrière de la maison, elle s'est contentée de son BEM et attend sagement son prince charmant. Elle a dix-huit ans, des yeux grands et fascinants comme des aurores boréales, mais je ne vous donnerai pas mon adresse. Quant à Salim, le benjamin, il me tarabuste vraiment. Il étudie dans un lycée de la haute où il passe plus de temps à accumuler des complexes qu'à soigner ses dissertations. Il m'en veut parce que je ne l'attends pas à la sortie avec une superbe bagnole. Il a beau se fringuer comme les fils à maman nantis, il reste mon avorton à moi, l'avorton d'un flic qui roule en Zastava et qui cravache ferme pour joindre les deux bouts. Ses aspirations : devenir brocanteur.

Mina me demande :

— Tu es en retard. Tu aurais pu téléphoner. Je me faisais du mouron pour toi.

— Je n'ai pas eu le temps.

Elle tire la chaise pour que je m'assoie et me sert mon dîner. Je détourne les yeux et couine :

— Enlève ça !

— Ce sont des côtelettes d'agneau saignantes comme tu les aimes.

Après la boucherie de Riad !

— Je t'en prie, enlève-les. Je me contenterai d'une omelette et d'une tranche d'oignon.

56

Mina obéit. Elle me trouve bizarre et attend de me rejoindre au lit pour savoir pourquoi.

— C'est rien, je la rassure. Je suis fatigué, c'est tout.

— Tu es sûr que ça va ? Tu veux une tisane.

— Dors, que je m'entende réfléchir. Ne t'inquiète pas.

Elle n'insiste pas.

Ma Mina, il n'y en a pas deux comme elle dans tout le quartier. Elle sait lire et écrire. Elle sait être belle, rien que pour moi. Elle sait tenir une conversation mondaine. Mais elle a choisi d'élever ses gosses et de chérir son ours mal léché de mari avec un sens aigu de l'abnégation. Beaucoup de ses voisines émancipées s'étonnent de la voir flétrir stoïquement dans un taudis comme le mien, elle qu'elles trouvent jolie comme une boucle de soleil, elle qu'elles disent instruite et présentable, elle qu'elles voient détrôner l'actuelle patronne de l'UNFA sans coup férir... Ma modeste Mina à moi, elle leur rétorque qu'elle n'a qu'une seule ambition : être bien avec Dieu et avec son héros de mari qui la tient en laisse depuis vingt-huit ans, qui ne sait pas lui gazouiller des vers, qui ne sait pas lui offrir des bijoux, pas même des fleurs pour son anniversaire, qui ne lui paie pas des voyages pour les centres commerciaux d'outre-mer, qui grogne quand elle lui demande l'autorisation d'aller rendre visite à ses parents qui languissent d'elle à deux pâtés de maisons seulement, qui n'apprendra jamais à laisser ses prises de bec avec son patron au commissariat, qui rentre chaque soir le cœur gonflé de dépit, l'œil brasillant d'animosité, la tête crépitante d'invectives retardataires, qui abhorre les pique-niques, la plage, la foire et le manège, qui ne vit pas vraiment, qui ne fait qu'exister un peu comme ces ornières sur les chemins de traverse que les ondées de l'hiver et du déplaisir effacent dédaigneusement, qui n'a pas plus de look qu'une botte de foin... et qu'elle aime quand même d'un amour débridé.

— Bonne nuit, chérie.

Elle sursaute, croit avoir mal entendu.

Je refais :

— Fais de beaux rêves, mon adorée.

Elle se soulève sur un coude, dépose sa joue dans la paume de sa main et me scrute :

— Sûr que tu n'es pas normal, ce soir, toi ! qu'elle pépie.

Je n'ai pas fermé l'œil de la nuit. Mina non plus. À chaque fois que je baisse les paupières, l'éventrée de Riad réapparaît, les yeux hagards, l'étoile noire dans la bouche, pour me pourchasser à travers un dédale pavé d'ossements, de crânes décapités, et peuplé de spectres hilares, de loups-garous en pleine métamorphose, de créatures hideuses vomissant du sang ; dédale que jalonnent des bourreaux ventripotents armés de bistouris grands comme l'épée de Da Mokhless.

Au matin, je passe à la morgue recueillir d'hypothétiques indices. Le cœur de la victime s'est volatilisé.

Au bureau, je convoque mes gars et les renvoie à Riad El Feth passer au crible chaque recoin. Avec Lino, Serdj et deux agents en uniforme, nous retournons au 10, rue Hamid Soubiane ratisser les alentours. Que dalle ! Puis, au commissariat, mon groupe et moi avons délibéré jusqu'à minuit. La fille s'appelle B.R. Elle travaille comme infirmière à l'hôpital. Elle était venue à Riad pour se détendre au Petit Théâtre. Seule. Le médecin légiste dit qu'elle était morte une bonne heure avant que je débarque au Maqam.

En rentrant, j'ai failli m'endormir sur le volant. Pourtant, une fois dans le pageot, pas moyen de retrouver Morphée.

Le lendemain, le Dingue m'accueille au moment même où je franchis le seuil de mon bureau.

— Pourquoi tu l'as laissé me faire ça ? qu'il barrit au bout du fil.

J'ai envie de lui débiter tous les mots orduriers de la terre, mais je me ressaisis. À quoi va me servir de lui dire ce que je pense de lui ? C'est un cinglé, donc un imprévisible. Je tolère de l'écouter, attendant patiemment le moment où il se trahira. Il est mon unique piste.

— Je te demande pardon ? je fais avec lassitude.

— Il a pas le droit de porter un jugement infondé sur moi. Il m'a porté préjudice. C'est pas régulier de fabuler sur le dos des inconnus. J'ai pas arrêté de boxer le mur de toute la nuit et mes mains sont tout abîmées à cause de lui.

— Du calme...

— Il me connaît d'où ? Où est-ce qu'il est allé chercher des qualificatifs pareils ? Il a pas le droit... Pourquoi vous m'faites ça, à moi ? Vous savez bien que je m'fâche vite. J'suis pas un... un... Combien de fois t'as essayé de me piéger, commissaire ? Réponds. Je t'écoute. Combien de fois t'as essayé de me piéger ? Mais parle, bon sang !

— À maintes reprises.

— Est-ce que t'as réussi à me doubler ?

— Non.

— Donc, j'suis pas un demeuré.

59

— Tu n'es pas un demeuré. Tu es même plus futé que moi.

— Alors, pourquoi tu l'as laissé me traiter de la sorte ? mugit-il en éclatant en sanglots.

Si seulement il pouvait mettre ses «pourquoi» en veilleuse une fois pour toutes.

— Qui t'a fait du tort ? je lui demande.
— Quoi ? Tu n'as pas lu le journal ?
— Lequel ? Je viens juste de rentrer.
— *El Moudjahid*. C'est écrit en première page.
— Je ne l'ai pas encore feuilleté.
— T'as intérêt à le lire, ordure ! T'as intérêt à dire à ces journalistes de me foutre la paix. Dis-leur que je suis méchant. Je leur demande pas l'heure qu'il est. Qu'ils me laissent tranquille...

Il raccroche.

Je reste songeur pendant une bonne douzaine de minutes avant de sonner le planton pour l'envoyer me chercher le journal. Quand il revient, il me surprend en train de jacter tout seul.

J'étale le canard sur mon sous-main. Le titre fantaisiste me cingle tout de go : *Un DAB dans la ville !*... En dessous un entrefilet nous renvoie page 3. Je retourne la une et je tombe sur la photo de Lino en train de forcer son sérieux devant les toilettes pour dames. Je comprends aussitôt qu'il a tout raconté à la presse. Il ne perd rien pour attendre, celui-là. L'article s'étend sur trois colonnes concentrées. Il n'y est pas allé de main morte, le gratte-papier. L'humour fait la base à l'horreur à chaque paragraphe. Un papier à faire pâlir de jalousie Tewfik Hakem[1] dans sa muse la plus forcenée.

---

1. Journaliste algérien, actuellement pigiste en France.

Il y a un astérisque à côté de DAB. Je cherche au bas de la page et je lis. « DAB : dingue au bistouri ».

Je parie mon treizième mois que c'est une idée de Lino.

Je sonne de nouveau le planton et le somme de me ramener Lino où qu'il s'embusque. Il le déniche dans la pièce voisine, à faire les yeux doux à un flic nichonné.

Il commence par afficher une mine de rien.

— Pourquoi ? je tonne en montrant le journal.

— Ben, commissaire, on est en démocratie. La presse doit...

— Misérable ! Le Dingue vient de me téléphoner. Il est dans tous ses états. Sûr qu'il va se venger sur le premier venu.

Lino contourne le bureau pour venir se contempler dans le journal.

Il ose :

— Leïla, la standardiste, trouve que je suis fichtrement photogénique. Elle a ajouté que je ressemble à Agoumi... Attends, commy, t'excite pas. Je vais t'expliquer. C'est pas de ma faute, je le jure. J'étais là à empêcher les curieux d'entrer dans les cabinets pendant que Serdj et les autres cherchaient des empreintes. Le journaliste m'a photographié sans rien me demander. J'ai pas voulu le froisser. Il est sympa. Il a posé juste une question : « C'est le même type ? » J'ai acquiescé, commy.

La déduction, c'est son fort, même s'il ne bénéficie pas du même statut qu'un détective.

Lino est un pneu[1]. Il suffit de le fixer dans le blanc des yeux pour le faire fléchir. Il hisse pavillon blanc et se confesse :

---
1. Pneu : mec qui se dégonfle.

— D'accord, d'accord, commy, je me suis conduit en parfait imbécile. Il a promis de citer mon nom dans son papier. J'ai pensé consolider les remparts de ma carrière et j'ai un peu corsé. C'est qu'après que je m'en suis rendu compte. Ce journaliste m'a littéralement envoûté. Je te demande pardon, commy. J'suis vraiment désolé.

Moi, je suis certain qu'il ne sait pas ce que « désolé » veut dire. Je le congédie d'une main blasée.

Depuis trois jours, le Dingue n'a pas donné signe de vie. Et l'enquête piétine. Lino a bien dévoré un tas de polars, y compris ceux de Djamel Dib; pas moyen d'avancer. Nous n'arrêtons pas de barbouiller le tableau à grands coups de craie et de l'effacer après.

Serdj a fouiné pendant deux jours dans le fichier et n'a pas trouvé d'empreintes identiques à celles que nous avons relevées à Riad et au 10, rue Hamid Soubiane.

De son côté, le patron profite de la situation pour me tailler une étiquette d'incompétent. Il n'arrête pas de me montrer du doigt au personnel et de me traiter de poulet de rôtisserie. Je lui aurais fait compter ses molaires, à ce dindon gras et laid, si Lino m'avait laissé tenter ma chance.

Au quatrième jour, c'est le ministre en personne qui intervient. Il veut la tête du cinglé à n'importe quel prix. Normal, avec cette presse qui nous talonne de toutes parts. Dans la dernière livraison d'*Horizons*, Kader a pratiquement descendu à la tronçonneuse toute la flicaille de la capitale. Quant à Meziane, de *L'Actualité*, je n'ai pas eu le courage de finir son papier.

À Alger, incités par les canards acrimonieux,

les gens rentrent chez eux en tressautant au moindre bruit. Un pet de tuyau d'échappement a vite fait d'occasionner la débandade. La psychose s'est installée dans la ville.

Par ailleurs, mon courrier s'est gonflé. Des qui ont vu le schizo du côté de Bir Mourad Raïs. Des qui jurent sur le Coran avoir été pourchassés par un zinzin doté d'une hache. Des qui téléphonent à la permanence pour chevroter qu'un étranger somnambule marche sur leur toit. Il y a même un timide qui a raconté dans une lettre vaste comme la Chine être le meurtrier décrié.

Puis, comme un malheur ne vient jamais seul, voilà Lino qui pousse la lourde et qui me jette à la figure :

— L'auteur du « DAB dans la ville » est à l'hôpital.

— Quoi ?

— Il a été agressé sur le pas de sa porte.

Je ramasse mon paletot tatien et m'éjecte dans la rue. Lino me rattrape. Nous grimpons dans notre tacot et fonçons à tombeau ouvert jusqu'à l'hosto. Des journalistes de différents organes jacassent dans le couloir. Leur solidarité m'émeut, mais je ne suis pas là pour ça. Je demande au toubib si je peux tenir un brin de causette à son patient. Il opine du chef et me prie de ne pas trop m'attarder. Je lui promets d'être aussi succinct qu'un spot publicitaire de l'ANEP[1] et entre dans la chambre exiguë et peinte d'un bleu insipide.

Le gratte-papier est étendu sur son grabat, apparemment heureux de son martyre puisqu'il l'a fait sortir de l'anonymat. Il a la tête momifiée

---

1. Agence de publicité (bien de l'État).

dans un pansement aussi dénué d'adresse qu'un discours communal. Il lève un œil poché sur moi, puis sur ma plaque de flic, et me désigne de l'autre œil la chaise en fer érodée. Je ne m'assois pas à cause de mes hémorroïdes.

— Tu t'en sortiras, mon brave ! je lui lâche, histoire de compatir.

— Il m'a pas fait de cadeau, le salaud.

— C'était pas encore ta fête, je présume. À mon avis, il n'a pas voulu se montrer généreux avec toi... Gourdin ou pilon ?

— J'sais pas. Il n'y a pas d'éclairage dans ma rue.

— Il était quelle heure ?

— Un peu moins de vingt-trois heures. J'étais retenu à un séminaire. Il y avait Ouettar, Souheil Dib, Da Djaout, Graba, Haj Méliani et un tas d'autres personnages importants. Ça pérorait ferme et j'ai pas voulu rater ça. Donc, en rentrant chez moi, un énergumène m'attendait derrière la cage de l'ascenseur. Il m'a pas laissé le temps de me défendre, le traître.

— Tu l'as vu ?

— Une fraction de seconde.

— Il était comment ?

— Colossal. J'ai cru que le mur s'abattait sur moi. Il m'a atteint d'abord à la figure. Ensuite ma tête s'est ébranlée. C'est tout.

— Colossal, c'est-à-dire ?

— Il me dépasse d'une tête au moins. Dans les 1,90 m.

Lino griffonne dans son calepin hanté de numéros de téléphone et de prénoms de femmes. Il s'applique avec un sérieux d'écolier amoureux de sa maîtresse.

Je dis au journaliste :
— Il n'a rien proféré en t'attaquant ?
— Si. J'ai retenu «J'suis pas un dingue». Je ne sais pas comment il a dégotté mon adresse. (Il fronce les sourcils.)... Regardez si Rabah de *La Société* est dans le couloir, s'il vous plaît.

Lino sort et ramène un garçon malingre aux dents échancrées.

— Tu m'as pas dit qu'un type cherchait après moi l'autre jour ?

Rabah acquiesce et précise :

— C'était un drôle de coco, presque aussi haut que Zenati, avec une face de lune et des bras ballants. Le genre de pachyderme qui vous bouche l'horizon rien qu'en se dressant devant vous. Il a cherché après toi. Je lui ai indiqué ton bureau. Il est parti sans dire merci.

— Tu ne peux pas détailler ? je le supplie.

— En vérité, je n'ai pas fait attention à lui. Il y a tellement de va-et-vient, avec toutes ces annonces et ces recherches dans l'intérêt des familles.

— Pas de signes particuliers, rien ?...

Rabah plaque un doigt contre sa joue cave pour se souvenir. À mon grand chagrin, il hoche négativement la tête.

Je souhaite au martyr de guérir vite, fais signe à Lino et regagne ma voiture. Des gamins sont en train de tordre mon rétroviseur. Dès qu'ils me voient, ils déguerpissent en piaillant. Et ça se passe dans un hôpital !

Lino tente de s'emparer du volant. Je le catapulte à la place du mort et démarre furieusement.

— Un colosse avec une face de lune ! je geins. Tu parles d'un portrait ! Faudrait chercher du côté de la NASA pour tomber sur un colosse avec une

65

face de lune. Et ça se croit clairvoyant, avec ça...
Ça veut dire quoi au juste, avec une face de lune ?

— Probablement un individu enfariné qu'a le revers de la tête cachée. Comme la lune.

Je toise Lino. Il devient urgent qu'il apprenne à tirer la chasse d'eau à chaque fois qu'il ouvre la bouche, çui-là.

*
* *

Deux jours plus tard, le concierge d'un immeuble découvre le cadavre d'une femme bistourisée dans l'encoignure de la cave. Cette gosse de trente ans, non seulement elle n'avait pas de mari, mais elle n'avait même plus de cœur.

6

LES BANANES ONT LA PEAU DURE

Le Dingue choisit le moment où je me prépare à rentrer chez moi pour rappliquer. Son ton est entrecoupé de cacophonies pleureuses quand il gémit :
— Elle est morte...
— Pas besoin d'être médecin pour le constater, je lui dis.

Je vous jure que je me surpasse à garder mon sang-froid. Il me dégoûte.
— Elle a claqué...

Il se met à sangloter tout bonnement. Il renifle, soupire, râle, se mouche. Il m'écœure.

J'attends qu'il se calme un tantinet pour lui demander :
— Que signifie cette étoile noire ?
— Je lui ai pas encore mis l'étoile.
— Si, tu as peut-être oublié. Elle avait une étoile noire entre les dents.
— T'es sûr qu'on parle de la même personne, commissaire ?
— Je parle de celle de la cave.

— Mais non, commissaire. C'est de la vieille histoire, ça. Moi, je te cause de celle qui vient juste de me claquer entre les doigts. Elle m'a eu, la garce. Elle est morte avant que je la touche avec mon bistouri. Son cœur a lâché. J'sais plus quoi faire maintenant qu'elle a trépassé. J'envisageais de la faire souffrir. Comme les autres. Je me demande comment j'vais me débrouiller pour calmer la braise qui me brûle le cerveau. J'ai pas l'habitude d'improviser. D'habitude, je planifie. S'il y a une seule dent qui est faussée, c'est tout l'engrenage qui se bloque... Eh, t'es là?

— J'attends que tu finisses.

— Elle a gâché ma journée. Si seulement je pouvais retarder la nuit...

Si seulement je pouvais lui mettre le grappin dessus, à ce tueur déphasé!

Il s'égare:

— Hé, commissaire, y a son bébé qui braille. Il m'énerve. Il m'empêche de me concentrer. Ses cris avivent la braise dans ma tête. Pourquoi il veut pas la boucler?

Je plisse les yeux pour écouter et perçois les vagissements d'un bébé.

— Qu'est-ce que je dois lui faire, commissaire? Le tuer?

— Non! je hurle. Ne le touche pas. Il t'a rien fait.

— C'est vrai, il m'a rien fait. Mais pourquoi il braille comme ça?

— Je t'en prie, rappelle-toi ce que tu m'as dit l'autre jour, que tu respectais les gens.

— C'est qu'un bébé. Il n'est pas tout à fait c'qu'on appelle les gens.

Je déglutis. Je panique, cherche autour de moi.

Mon cœur s'affole. Je ne sais quoi faire de ma main libre.

— Tu veux rester mon ami ? je bredouille.
— Oh, oui, j'veux bien.
— Alors laisse le bébé tranquille.
— Tu me promets d'être mon ami ?
— C'est promis.
— Et on échangera notre sang comme on le faisait du temps où on était mômes ?
— Bien sûr.

Il se tait.

Je l'entends renâcler comme un canasson. Le sang bat sourdement à mes tempes. La sueur ruisselle dans mon dos.

Le Dingue s'inquiète :

— Comment on va faire pour échanger notre sang, Llob ? On peut pas se rencontrer. Toi, t'es un flic et moi j'suis le gibier. Comment on va faire pour échanger notre sang ? Tu es le chasseur et j'suis le gibier.
— On trouvera bien un moyen.
— Je compte sur toi.
— Absolument.
— D'accord, j'vais rien lui faire, à cet avorton. Je peux t'appeler mon ami ?
— Ça me ferait plaisir. Comment je dois t'appeler, moi ?
— M'sonné, comme m'appelait mon ex-pote le phar...

Il freine sec. Il se rend compte qu'il vient de faire le premier faux pas. Rapidement, pour le feinter, je feins celui qui a mal entendu :

— Comment tu dis que tu t'appelles ? J'entends pas bien. Y a un bruit de friture. C'est toi qui fais le bruit ?

— Non, je t'entends clairement.
— Ça doit être la standardiste... Tlemçani, c'est ça ?
— Heu... oui, c'est ça, Tlemçani.
— T'es de Tlemcen ?

Il ne répond pas.

Je griffonne hâtivement « M'sonné » sur la feuille la plus proche.

— À partir d'aujourd'hui, nous sommes amis, je balbutie.

Je prie Dieu de faire en sorte qu'il m'ait cru. Si jamais il doute de quelque chose, il ne se gênera pas pour buter le bébé.

Le Dingue dit :

— 126, avenue de Marrakech, deuxième ruelle, face au libraire. La maisonnette verte.

La victime, cette fois, est une femme de trente-cinq ans. Nous la trouvons nue sur son lit, les poignets ligotés avec du fil de fer. Elle a une étoile noire dans la bouche. Son corps, à part quelques contusions violacées, ne porte aucune plaie, aucune trace de bistouri.

— Nous sommes arrivés légèrement en avance, prophétise Lino. Il n'a pas eu le temps de la dépecer.

Il ne sait rien, Lino. La nature n'a pas fait une bonne affaire en lui confiant une cervelle. Moi, je comprends. Mon Dingue, il charcute pour le plaisir de voir mourir lentement sa victime. Quand cette dernière a flanché avant, le cinglé a abandonné. Ça ne lui dit rien de décortiquer un cadavre insensible. Ça lui coûte moins cher chez le boucher voisin.

*
* *

Je ne sais pas pourquoi, dans l'allure furtive de Lino, je perçois comme le friselis d'un deuil. D'habitude, en regagnant le bureau avec ses incorrigibles dix minutes de retard, il a constamment un mot pour rire. Et ce matin, c'est à peine une loque dégingandée qui fuit mon regard intrigué. Il ébauche un soupçon de salut, accroche son veston en cuir sur l'œil-de-bœuf de la fenêtre et se laisse choir petitement derrière sa dactylo.

Je ne suis pas tranquille. La déprime de Lino ne me dit rien qui vaille. Lino, c'est le gai luron de la baraque. Comme tous les ambitieux de sa génération, il n'a pas plus d'amour-propre qu'un chat de gouttière. S'il arbore une mine d'enterrement, c'est qu'un âne est mort quelque part.

Je le bouscule :

— Qu'est-ce que t'as, binoclard ? Ta gonzesse s'est débinée avec un autre type ?

Il se recroqueville derrière sa machine et se fait tout petit. Ça double mon inquiétude.

— Hé, Lino ! Ça t'ennuierait de...

Il se redresse et sort brusquement, laissant dans son sillage les méandres d'un monumental point d'interrogation.

Le planton montre sa face de carême et me bredouille, faussement navré, que le patron m'attend au troisième.

Dans le corridor, puis dans les escaliers, les copains baissent la tête sur mon passage comme si j'étais un cortège funèbre. J'ai beau faire comme si de rien n'était, je ne parviens pas à discipliner les fourmis qui grouillent dans mon dos. Ça sent pas bon !

Le patron est groggy derrière son tableau de

bord. Il transpire de partout et n'arrête pas de s'éponger le front avec un mouchoir. Il est rivé au téléphone, balbutiant d'interminables «oui, monsieur le ministre... bien, monsieur le ministre».

Les cloches doivent sonner la sainte savonnette à l'autre bout du fil. Le patron fond, pareil à un flocon de neige sur le ventre d'une gosse en chaleur. Il a perdu ses manières gaillardes, le morveux. Ah! Je remercie le Ciel de me gratifier d'un spectacle aussi significatif qu'une pièce de Alloula.

J'ai toujours adoré contempler les faux albatros clopiner sur la terre ferme. C'est même mon péché mignon.

Finalement le patron raccroche, mitraille le combiné d'une rafale d'injures inutiles et braque sur bibi un regard bâfreur. Son teint vire du gris cendre à un rouge déconcertant. Il dévoile ses dents de carnassier. Je le déçois dare-dare. Il s'attendait peut-être à me voir mouiller mon froc. Comme je reste inébranlable, il cogne sur la table et se décomprime :

— Tu sais qui vient d'appeler? qu'il tonitrue.

C'est pas possible! Il n'y a pas une minute, c'était un nabot terrorisé. Et d'un coup, il retrouve sa vaillance de despote. Si le caméléon voyait ça, mes frangins, il rendrait le tablier de suite et il irait se terrer dans le cul d'une vache pour le restant de ses jours.

— Tu sais qui vient d'appeler? répète le patron en roulant des mâchoires.

— J'sais pas, je réponds, calme et décontracté.

Le patron balaie, d'une main furibonde, les dossiers qui moisissent sur son bureau, manque de culbuter par-dessus son fauteuil et vient me faire sentir ses effluves de mâle impuissant de plus près.

— Le ministre ! il vitupère. Le ministre en personne.

— Il voulait quoi ? je jappe, pas plus innocent qu'un maire.

— Tu devines pas ?

Je déporte mes lèvres sur le côté pour mettre en évidence mon rictus corrosif Ça ne plaît pas au patron qui se met, lui aussi, à coulisser ses lèvres baveuses sur les deux côtés pour veiller sur la hiérarchie.

— Je crois avoir une piste, j'avance pour lui remonter le moral.

— Personne ne s'intéresse à ce que tu crois, Llob. Tu es foutu. Fou-tu ! Tu as prouvé ton incapacité. Tu es mort, fini, enterré dans les chiottes.

Il se prend peut-être pour Sidna Azraïna, le rondouillard.

— Kaput ! nasille-t-il. Kaput !

Je reçois les jets de salive sur la figure. D'une main bougrement ostensible, j'essuie ses crachotements ; geste vilain qui le renverse davantage.

Il pointe du doigt sur la porte, pareil à un SS heilant Adolf le Magnifique, et fulmine :

— Je te décharge de l'affaire, Llob. C'est le commissaire Dine qui mènera l'enquête désormais. Et toi, tu iras poireauter dans ton trou jusqu'à ce que radiation s'ensuive.

Je comprends maintenant pourquoi Lino portait le deuil tout à l'heure et pourquoi les copains baissaient la tête sur mon passage. Les bananes ont la peau dure.

Le patron guette ma réaction. Il doit prier tous les diables de l'Enfer pour me voir sombrer dans les pommes ou bien me mettre à genoux pour demander pardon.

Et moi, Llob dixième du nom, preux chevalier des temps modernes, conscient de la bêtise humaine et des volte-face traîtresses, moi, Llob l'Inflexible, militant des causes perdues, dernier rescapé de la famille des Titans, audacieux jusqu'au bout des ongles, ancien cireur de chaussures, éternel étendard de la longanimité, moi, Llob des Ergs fantasques, ayant connu les mirages, la faim, la soif, les morpions, les cachots et l'ingratitude des remparts interdits et les ayant surmontés un à un de mon seul courage, connaissant la bassesse des jaloux sans pour autant m'abaisser d'un cran, narguant la horde des déboires balourds sans pour autant les esquiver, moi, votre Llob intrépide, je reste debout dans ma fierté inexpugnable, aussi débordant d'orgueil qu'un hymne national, toisant, du haut de ma tête nimbée d'épines, la substance fécale gisant à mes pieds d'argile, pareille à un souillon que la dignité renie !...

Donc, je toise la substance fécale et lui dis :

— Le commissaire Dine est un excellent flic. Je lui souhaite de nous débarrasser au plus vite de ce charognard invisible.

Il n'en revient pas, l'enfoiré.

Je le salue militairement et le laisse planté comme un chou blanc dans la noirceur de ses propres malveillances.

Lino m'attend au bout du couloir. Il se bile pour moi, le petit. Il culpabilise aussi. Mon sourire immarcescible l'attriste encore plus. Je passe devant lui, lui tapote la joue et continue mon chemin jusque dans la rue.

Dans le ciel cafardeux, les nuages s'écartèlent dans un supplice inaudible. Par endroits, des rayons de soleil dardent leurs lumières parcimonieuses au haut des immeubles frustrés. C'est un beau jour pour mourir. La tristesse de l'hiver étonne dans son martyre. Les ruelles sont maussades. Les gens flânent, frileux et tassés, la tête à peine perceptible par-dessus le col de leur manteau. La mer broie du noir aux portes de la ville. Au loin, surplombant la baie embrumée, le Maqam m'assiste dans mes déconvenues.

Je m'entasse derrière le volant de ma guimbarde, fais tourner le moteur, enclenche la première, file tel un fantôme dans la grisaille des pénombres.

J'ai roulé pendant un bon bout de temps, la tête dans un carcan, les yeux rivés dans mes soucis, ne remarquant ni les feux rouges que je grille, ni les douars mornes patinant sur mon pare-brise. Et si un barrage de gendarmerie ne m'avait pas réveillé à l'entrée d'El Afroun, j'aurais probablement poursuivi ma peine jusqu'à Ghazaouet sans m'en rendre compte.

Le soir, à la maison, j'ai continué d'être distrait. Ni Mina ni les gosses n'ont réussi à me réconforter. J'ai dîné machinalement. Puis j'ai pris racine face à la télé. Par bribes, j'apprends que les Américains ont envahi... les souks el fellah... libanais se canardent allégrement... Roumanie... le Mouloudia d'Oran a écrasé... la pluie... seize degrés à Tamanrasset... La speakerine revient, marmotte... L'écran s'efface, et le commissariat apparaît. Ça me dégrise tout à fait. Les caméras se baladent, se coudoient, bataillent. Des micros s'érigent par-dessus la cohue. Des flashes zèbrent la nuit. Je reconnais Serdj qui avance vers la foule. Les journalistes se bousculent et s'agglutinent autour du commissaire Dine.

— Quand va-t-on arrêter ce fou dangereux, commissaire ? s'enquit une souris décoiffée.

— Avez-vous une piste ?

— Pourquoi taisez-vous son identité ?

— On raconte que le Dingue au bistouri a été abattu par les gendarmes de Boufarik...

Les questions fusent, effervescentes et anarchiques.

Le commissaire Dine lève les bras pour faire le silence. Serdj remue ciel et terre pour contenir la meute curieuse et frémissante. L'envoyé de la télé parvient à se détacher du lot et manque de casser les dents du flic avec son micro.

— Monsieur le commissaire, as-tu quelque chose à dire pour rassurer les téléspectateurs ?

Le commissaire Dine lisse ses moustaches de tirailleur avant de dire :

— Tous les arrondissements sont en alerte totale. Nous avons déployé nos équipes partout. Nous faisons ce que nous pouvons pour mettre fin à cette malheureuse histoire.

— Commissaire Dine, avez-vous une piste sérieuse ? demande un francisant[1].

— Seulement une piste filaire. Le meurtrier frappe où il veut. Il n'a pas un terrain de chasse de prédilection. Mais nous sommes certains de le coincer bientôt. Nous demandons à nos citoyens de nous signaler toute anomalie susceptible de nous aider.

---

1. Le vouvoiement concerne le français. Le tutoiement l'arabe. (*Note de l'auteur.*)

— Avez-vous des informations concernant l'assassin ?

— Nous sommes en train de dresser le portrait-robot du vampire à partir des maigres renseignements dont nous disposons.

— Commissaire Dine, *Ech-Chaâb*… D'après nos propres sources, nous avons appris que tu as été désigné ce matin seulement pour poursuivre les recherches. Pourquoi a-t-on déchargé le commissaire Llob ?

Mina et les enfants dressent l'oreille. Mon cœur se comprime. Tous ensemble nous nous accrochons aux lèvres de Dine. Ce dernier temporise, regarde droit dans la caméra et fait :

— C'est une question qu'il faudrait poser à mes supérieurs.

— Que reproche-t-on au commissaire Llob ? insiste le journaliste du quotidien *Ech-Chaâb*.

— Autant vous dire tout de suite ce que je pense du commissaire Llob. Je le connais depuis quinze ans. Nous avons travaillé plusieurs fois ensemble et nous entretenons une amitié sincère et désintéressée. Pour moi, le commissaire est sans conteste le meilleur d'entre nous… Maintenant, excusez-moi, le boulot m'attend.

— Dans ce cas, reprend le gars de la télé, pourquoi l'a-t-on remercié ?

— Adressez-vous plus haut, lance Dine en se frayant un passage dans le chaos.

Mes potes, je ne suis pas tellement sentimental, mais j'en ai les larmes aux yeux. Mina me prend la main, compatissante et fière à la fois.

7

Le repos du guerrier

Vous avez déjà essayé d'attraper un serpent à sonnette par la queue ? Bien sûr que non, puisque vous n'avez jamais mis les pieds en Arizona... Eh bien, c'est ce que je suis en train de faire, depuis un bon bout de temps, dans ma tête. Il y a une idée rétive qui s'obstine à se terrer dans mes préoccupations. À chaque fois que je tente de la débusquer, elle se love dans le noir et je la devine prête à me mordre.

Ça me tarabuste. J'essuie migraine sur migraine sans réussir à y voir clair. Les choses passent si vite. Le temps de me pencher sur l'une d'elles, les autres rappliquent aussitôt, semblables à une curée de vautours, et déclenchent une pagaille telle que j'ai l'impression de perdre la boule.

Il y a une tendance vieille comme le monde que je ne blaire pas : m'attendrir sur mon sort. Je n'aime pas ça, mais pas du tout ! Ça vous rétrograde, ça vous ligote, ça fait de vous un asphalte sur lequel défilent toutes sortes de frustrations. Vous cessez subitement de croire en vous. Le monde vous paraît aussi dénué de pudeur qu'un cul de porc. Vous avez du mépris pour vous-même, et de noirs desseins bivouaquent dans vos projets.

Moi, je me suis toujours méfié de la compassion. J'ai vécu aussi démuni qu'un ver de terre. Je suis parti de rien et, à chaque fois que je butais sur un os, je me disais : « Te plains pas, Llob. C'est une perte de temps et ça t'avancera pas à grand-chose. »

La vie, c'est gai par moments, c'est pas marrant très souvent, mais ça reste quand même la vie : un interminable parcours du combattant qui nous entraînera tous – les gueux et les nababs, les honnêtes et les faux jetons, les fiers et les débiles – dans le fossé final où l'on cessera de nous faire péter les neurones une bonne fois pour toutes.

Quand j'étais môme, on ne donnait pas cher de ma peau. Je passais mon temps à fureter dans les endroits interlopes en quête d'un quignon. Je crevais de froid et de faim, mais je ne mendiais point. Je préférais racler le fond des chaudrons plutôt que tendre la patte. J'étais une crotte de bique, d'accord, mais j'avais ma fierté.

Chaque fois que je me retourne vers ce passé éprouvant, je n'arrive pas à comprendre comment j'ai pu lui survivre.

Quand j'ai le cafard, je fais exprès de faire le bilan de ma chienne de vie. Je calcule la distance que j'ai parcourue tout seul, sans l'aide de personne, avec, pour toute boussole, la rage de sortir du merdier et, pour toute étoile polaire, le courage d'oser. Le résultat me ravigote.

Seulement, aujourd'hui, le cœur n'y est pas. Mes souvenirs, au lieu de me monter le bourrichon, me minent sournoisement. Plus je pense à la vacherie du patron, plus je trouve stupide de me mesurer aux moulins à vent. Et dans ma tête, l'idée s'amuse à jouer au serpent en gardant sa queue boudinée à portée de son dard vigilant.

J'ai beau lever les yeux sur les bambins qui gambadent autour de moi, suivre du regard la promenade tranquille des jeunes filles rosissantes d'aise, je n'arrive pas à neutraliser cette saloperie qui s'ancre dans mon crâne.

Je passe du patron au dingo, de Dine aux macchabées dépecés, ensuite je reviens à la case départ pour tourner en rond comme un zéro de Malek Haddad[1].

Que je sois enfourché par le djinn de Jahannama si je comprends où j'en suis !

Mon culot s'amenuise. Je deviens vulnérable et ça me déplaît. Je n'arrête pas de me poser un tas de questions : pourquoi m'a-t-il fait ça, le patron ? Pourquoi me suis-je taillé au lieu de lui cracher à la figure ce que je pense de lui et de son système ? Pourquoi ai-je consenti à tomber dans son jeu comme le dernier des connards ? Sûr qu'il doit me prendre pour un trouillard à l'heure qu'il est. Qu'est-ce qu'il ne va pas imaginer ! Avec sa grande gueule d'impuni, il doit en raconter des vertes et des pas mûres sur mon compte.

Et de nouveau, l'idée !... Aussi insaisissable qu'une traînée de fumée, elle se fait et se défait, tantôt mirage, tantôt ténèbre. Elle se joue de moi, pareille à ce mot qui nous reste sur le bout de la langue sans décider de se définir. J'ai soudain envie de me prendre la citrouille dans les mains et de la secouer comme une tirelire.

---

1. Écrivain algérien célèbre décédé dans les années 1970.

À côté de moi, un énorme patapouf me contemple d'un œil inquiet. Je lui grimace un sourire faussement béat et je m'allonge sur l'herbe, les doigts enchevêtrés sous la nuque, un genou fiché dans le ciel.

Je suis venu, avec Mina, oublier la poisse et le déplaisir dans la forêt de Baïnem. Malgré l'hiver, il fait un temps sympa. Le ciel est vierge et le soleil en rut. Les familles qui rigolent sous les arbres, les mioches qui se pourchassent en chahutant, les pucelles qui se laissent rêver derrière les buissons, les odeurs de merguez grillées qui chevauchent les senteurs affables de la clairière... rien de tout ça ne me réconcilie avec mes états d'âme.

Je suis malheureux !

Mina pose sa main de houri dans mes cheveux embroussaillés. Son beau visage d'égérie se penche sur le mien. Je sens son parfum, perçois son béguin au tréfonds de mon être. Je la soupçonne en train de chercher ses mots pour me dire combien elle est navrée de me voir me faire du mauvais sang, combien elle se culpabilise de ne pouvoir me réconforter. Ses yeux limpides me couvent. Je lui prends la main et la serre pour lui signifier que je ne suis pas une tête de mule et que, si elle n'arrive pas à m'atteindre dans ma douleur, c'est parce que je préfère souffrir en égoïste.

Mon vieux – *Allah ir-rahmou* – aimait me répéter : « Fiston, partage tes joies, quant à tes peines garde-les pour toi. »

Mon vieux, ce n'était pas n'importe qui. La sagesse, il en avait à ne plus savoir qu'en faire. Seulement, de nos jours, la sagesse a rejoint la désuétude. Un peu comme les bonnes femmes, les mentalités se sont dénaturées en voulant s'émanciper. Notre problème est que nous n'arrêtons pas de nous enliser dans l'animalité. L'homme se détache du groupe; il s'isole, se bat, de plus en plus seul, dégarnit ses flancs et ses arrières, et plus il se piège, plus la douleur se limite à sa propre souffrance.

Rien n'est comme avant.

Jadis, la peine d'un voisin mobilisait derechef le douar en entier. On se faisait du mouron les uns pour les autres, et ça nous ragaillardissait. Même quand le patient était condamné, ça lui faisait du bien de se sentir entouré et assisté, ça l'aidait de se savoir l'ami, le frère, l'époux, le gendre, le fils, le client, le citoyen, le voisin…

Aujourd'hui, c'est fichtrement triste de mourir, car on meurt deux fois, d'abord dans l'indifférence des autres, ensuite en son âme et conscience. Et avant de passer l'arme à gauche, on geint une dernière fois pour finir en souffre-douleur et en incompris.

Le *hadith*, qui nous enseignait d'aimer pour notre prochain ce qu'on souhaiterait pour nous-mêmes, a été abrogé par l'égocentrisme chevronné qu'engendre le matérialisme machiavélique et envahissant.

— Tu as les larmes aux yeux, Llob, murmure Mina.

— C'est un grain de poussière, je lui mens.

— Ça t'a fait du bien de sortir avec moi?

— Beaucoup.

— À moi aussi. Ça me rappelle le temps où on n'avait pas encore les enfants. On n'arrêtait pas de courir à droite et à gauche, toi et moi.

— Tu te souviens ?

— Et comment ! C'étaient les plus beaux jours de ma vie.

Je me relève sur un coude et lis dans le regard de ma compagne.

— Ton ton est triste, Mina. T'as des regrets ?

— C'est la nostalgie, chéri. Elle est attendrissante, la nostalgie.

Elle est chagrine, ma poulette. Je m'assois en face d'elle et lui prends les deux mains dans les miennes. Elle détourne les yeux. Je décèle dans sa fuite un soupçon de gêne.

— Mina, qu'est-ce qui ne va pas ? Je te déçois ?

Elle me revient comme un boomerang et se blottit contre ma poitrine.

— Idiot ! Jamais, jamais tu ne m'as déçu.

— Alors, pourquoi cette tristesse ?

— Tu te rappelles notre lune de miel ? dit-elle pour prolonger ma question.

— À Wahrane El Bahia, m'enthousiasmé-je pour lui faire croire qu'elle me fait marcher, tu voulais aller à l'hôtel, et moi je voulais rester chez cousin Houari. C'était notre premier et dernier malentendu. Et tu avais raison. L'intimité fut absolue, au Windsor. Et Oran était belle comme c'est pas possible.

— Je me demande si le Windsor accueille toujours ses clients avec la même courtoisie.

— Je me demande seulement s'il existe encore... Tu te souviens des grosses tranches de carantica qu'on dévorait à Médine Jédida ?

Mina rejette ses cheveux en arrière pour libérer un pépiement. Elle dit :

— Même que tu me forçais la main, à l'époque.

Je te disais que ça fait pas décent, pour une femme, de bouffer dans la rue. Tu me rétorquais qu'à part mes yeux de biche, le reste, il comptait pas.

— Tu m'avais cru ?
— Oui, je t'ai cru.
— Pourquoi ?
— Parce que c'était réciproque.
— Et dire que tu savais même pas mijoter une chorba.
— J'avais à peine dix-sept ans et je rêvais de devenir enseignante. J'étais beaucoup plus occupée à peaufiner mes rédactions qu'à butiner dans les livres de cuisine.
— Et t'es devenue ma femme.
— On ne choisit pas son destin.

Ça me brusque. Mina me rit au nez. Son étreinte s'accentue.

— Tu aurais aimé devenir enseignante, pas vrai ?
— Je préfère rester maman.
— Des fois, je me demande si j'ai bien agi en t'interdisant de travailler.
— Tu as très bien fait, Llob. Tu m'as donné des enfants et vingt-huit ans de félicité.
— Par contre, toi, tu me bourres de *hrouz*[1] et de filtres ensorceleurs depuis vingt-huit longues et ennuyeuses années.

Nous rions ensemble, Mina et moi. Dans ma tête, l'idée de tout à l'heure s'ennuie. Elle cherche à m'exciter, mais je l'ignore superbement. Ma femme est en face de moi et je tourne le dos à l'amertume.

---

1. Gri-gri.

Brel disait que la Fanette était brune tant la dune était blonde et qu'en tenant l'autre et l'une, lui, il tenait le monde.

Moi je dis que Mina est belle comme un reflet céleste et qu'en l'écoutant rire, moi, je me fous du reste.

8

Faut pas désespérer

« Un peu de pain, un peu d'eau fraîche, l'ombre d'un arbre, et tes yeux ! Aucun sultan n'est plus heureux que moi. Aucun mendiant n'est plus triste. »

C'est sur ce quatrain d'Omar Khayyam que je me réveille. Mina ronronne sous les couvertures. Son visage a l'air d'une offrande sur l'oreiller. Je l'embrasse sur le front et cherche mes pantoufles sous le lit. Le réveille-matin affiche six heures trois minutes. Je me lève pour me planter devant la fenêtre. Dehors, l'horizon est submergé de ténèbres. Par grappes, quelques fidèles se hâtent vers la mosquée du quartier. Je reconnais le vieux Ammar trottant de son pas sénile sur la chaussée que le réverbère bigarre de traînées jaunâtres. Le morceau d'Alger qui s'offre à moi ressemble à un écrin ouvert sur des gemmes rutilantes. Une bruine inconsolable tambourine sur les vitres pendant que le clapotis des fondrières emplit le silence d'une rumeur cristalline. Je comprends à l'instant pourquoi la nuit tous les chats sont gris.

Je comprends aussi que les ogres endormis sont presque aussi attendrissants à regarder que les chérubins. Dans quelques minutes, la ville va sortir de sa léthargie. Et les monstres qui s'ensommeillent en chacun de nous vont s'éclater. Il y aura l'attente des bus, les bousculades, les préoccupations exagérées et la mal vie. Les rues vont craquer sous le poids de la démographie débridée et, sur les trottoirs, les cohortes de la monotonie vont se consolider.

J'ouvre la fenêtre pour recevoir les javelines du froid sur la figure. Je scrute les opacités, les carrures imperceptibles des immeubles, et crie en mon for intérieur: «Où es-tu, mon dingue au bistouri? Que nous mijotes-tu encore? Montre-toi, ordure, viens voir le mépris que j'ai pour toi tordre mes lèvres et bourrer de grisaille mes yeux dégoûtés. Je sais que tu es là, quelque part, peut-être même à portée de mon crachat...»

Mina gémit et se recroqueville sous les couvertures. Je referme la fenêtre et m'allume une cigarette.

Ça fait une semaine que je me morfonds, loin de mon bureau, loin des mines simiesques de Lino. Le commissaire Dine patauge dans un margouillis épais. Hier, à la télé, il a refusé de déclarer quoi que ce soit à la presse. Un reporter d'*El Jamhouria* l'a coincé, et Dine n'a pas trouvé la force de se défendre. Le Dingue n'a plus frappé depuis sa quatrième victime, mais il court toujours. Les gens n'aiment pas ça. Le couvre-feu s'installe dès la tombée de la nuit. Les plus audacieux des noctambules ne tardent pas après neuf heures. Le mardi, les gendarmes ont surpris une espèce de zinzin en train de martyriser un chien, du côté de Cheraga.

Tout le monde a poussé un soupir de soulagement ; soupir qui a freiné net quand on s'est aperçu qu'on faisait fausse route. Les Algérois se surveillent. Chacun soupçonne son voisin de palier. Une scène de ménage suscite la curiosité et l'inquiétude de tout le quartier. Il y a même des rigolos qui, profitant de la psychose collective, téléphonent tous azimuts et sèment l'effroi chez les vieilles mémés esseulées. Dans notre rue, Kacem le boutiquier a préféré rejoindre ses parents à Draâ El Mizane. Les jeunes mariés trouvent soudainement la compagnie de leurs belles-mères agréable. Il suffit qu'un garnement s'attarde dans la rue pour que les pères alertent la police. La vie est devenue impossible !

*
* *

— Tu ne dors pas ?

Mina est assise dans le plumard, les mains autour des yeux.

— Je t'ai réveillée, chérie ?

— Je ne dormais pas vraiment. Tu n'as pas arrêté de te retourner dans ton sommeil.

— Je ne pense pas fermer l'œil avant de mettre le grappin sur le vampire qui épouvante la ville.

Elle sort du lit et enfile sa robe de chambre. Ses yeux bouffis lui donnent un air croquignolet.

— Tu as tort de te bousiller les nerfs alors que l'affaire a été confiée à un autre. Tu ne manges pas, ne te reposes pas et tu as la tête ailleurs de jour comme de nuit. C'est pas bien. Tu vas finir par choper une dépression, Llob.

Je secoue la tête en me laissant tomber dans un

fauteuil antédiluvien. Mina ne m'apprend rien. Chaque fois que je me plante devant un miroir, je m'aperçois que mes joues se ravinent et que des cernes cendrés auréolent mes paupières. Je ne fais pas attention à ma façon de m'habiller et j'oublie de me peigner. Quelques amis sont venus me dire combien ils étaient navrés. Pendant qu'ils me récitaient leurs espèces de condoléances, moi je bâillais. Cousin Driss est allé jusqu'à me proposer de bosser dans son entreprise. Il a dit que je ferais un excellent cadre de la sécurité et qu'il me payerait deux fois plus que mon salaire de poulet.

Ils ignorent que quand on est flic on l'est pour la vie.

Vers 7 h 30, Lino vient me chercher dans la voiture de Dine. De la fenêtre, je lui fais non de la main. Lino gesticule quelque chose que je ne saisis pas. Je lui fais signe de me rejoindre au salon.

— Je suis en grève, j'explique au binoclard avant de le prier de poser son fessier émacié sur une chaise.

Sans gêne aucune, Lino crie à Mina de lui préparer du café. Il se croit chez lui. Il lui arrive souvent de passer la soirée chez moi. M'est avis qu'il a l'œil sur ma gosse. Et ma gosse aussi cultive des mamours pour lui. Chaque fois que Lino débarque, ma pucelle devient maladroite et se met à bousiller notre vaisselle. Seulement moi, je m'imagine mal beau-père d'un intello qui n'a pas plus d'avenir qu'un gibier en saison de chasse.

— Écoute, commence Lino en arrangeant ses cordes vocales pour faire sérieux d'une part, et pour atteindre ma gosse de l'autre. C'est Dine qui m'envoie te chercher. Il a besoin que tu lui donnes un coup de main. Il sait que ça te plaît pas de le voir piétiner tes plates-bandes, mais c'est pas de sa faute. C'est le Wali qui a décidé…

— Je lui tiens pas rancune, à Dine. Si je suis en grève, c'est pour protester contre le patron et son système. J'en ai marre de faire celui qui n'a rien vu, rien entendu, rien pigé. Je tiens à c'qu'on sache que j'suis pas un mouton, encore moins un pneu.

Mina arrive avec une tasse de café. Lino confectionne pour elle un sourire à la Agoumi et jette un coup d'œil au fond du couloir dans l'espoir de surprendre l'ombre de ma gosse.

— Comment tu fais pour supporter un phoque renfrogné comme çui-là, madame ?

— Exactement comme toi, dit Mina avant de retourner à ses cuisines.

Je m'assois en face de mon subalterne et lui demande :

— C'est vraiment Dine qui t'envoie ?

— T'as pas reconnu sa bagnole ? Il est dans la purée jusqu'au cou. Il a bougrement besoin de toi.

Je réfléchis à tête reposée, légèrement irrité par le gargouillis écœurant qu'émet Lino en sirotant son café.

— Bon, me décidé-je, j'vais m'raser.

Lino hoche la tronche et attend de me voir disparaître pour déployer son regard de rapace partout dans l'espoir de dénicher l'ombre de Nadia.

*
* *

Dine commence d'abord par m'écraser contre sa poitrine d'hercule de foire. Ses grosses lèvres de poivrot font un bruit de serpillière trempée sur mes joues maladives. Ensuite il se recule pour bien me détailler.

— Sacré sac de patates! Tu nous fais la tête?

Dine est un fils d'Oran, de Sidi Blel précisément. Malgré ses dix-huit ans à trimer à Alger, il garde toujours son accent inimitable et sa bonhomie d'Oranais. Quand il parle, il aime à se dandiner un peu, à la manière des Black Moslems d'Harlem, et accompagne chaque phrase d'un geste mystique ou d'un rire flapi. Le jour où j'ai voulu comprendre ce qu'est l'amitié, on m'a vivement recommandé d'aller faire un tour du côté de Médine Jédida.

Dine se gratte laborieusement sous l'aisselle, cale ses fesses éléphantesques contre le bureau derrière lui, croise ses bras tatoués d'aventures romanesques et me dévisage :

— T'as maigri, mon gars. T'es en train de bâtir une maison ou quoi?

— Je garde la ligne.

— C'est vrai. T'as une taille de mannequin qu'a bouffé trop de levure.

Il pose un doigt sur ma bedaine et la soupèse :

— T'es enceinte?

— C'est pour ne pas faire la queue au marché.

Il rejette la tête en arrière pour libérer un rire impressionnant, se calme et devient subitement sérieux :

— J'arrête pas de tourner en rond et je commence à avoir le vertige. J'suis dans le cirage, Llob. Le Dingue m'a téléphoné. Il a menacé de buter des écoliers si tu continues de te cloîtrer chez toi.

— Il se languit de moi.

— J'suis inquiet.

— Le patron est au courant ?
— Le patron, je l'emmerde. Le Wali m'a donné carte blanche.

Je temporise pour faire celui qui boude.

— Alors ? piaffe Dine.

Je le regarde dans les yeux. Sa sincérité m'émeut. Je lance :

— On va le coincer, ce fils de garce, et on va le lyncher.

Dine pousse un cri d'âne affranchi et me blottit de nouveau contre sa poitrine. Autour de nous, son équipe et la mienne se félicitent. Je jette au loin mon manteau, retrousse les manches de mon chandail, pique une cigarette dans un paquet d'Afras et commence :

— Nous allons d'abord essayer d'établir le rapport qui existe entre les victimes, ensuite entre les victimes et leur bourreau. Comme ça on sera fixé sur le mobile. Je suis certain que le Dingue tue pour se venger. Il ne choisit pas dans le tas. Il agit avec préméditation et contre des cibles bien déterminées.

Dine est d'accord avec moi. Il n'a pas arrêté de hocher la tête, seulement sa façon de se gratter le menton s'est accentuée. Je lui demande s'il a écouté les bandes et lu les rapports de Serdj et de Lino. Il affirme les avoir parcourus plusieurs fois sans avancer bien loin. Soudain il suspend ses plaintes et fronce les sourcils. Je suis son regard et je vois l'inspecteur Bliss debout dans l'embrasure. Tout de suite j'ai les jetons et je me mets à marmotter *Ayat el Kousri*.

Toute la flicaille du pays préfère rencontrer un chat noir la nuit du Destin plutôt que de deviner l'inspecteur Bliss dans les parages. Le problème, avec lui, c'est qu'on a beau réciter des incantations et se barder de talismans, rien à faire, le sortilège a immanquablement le dernier mot.

Il a dit : « Ah ! la belle bagnole ! » et, vingt minutes plus tard, un camion Sonacom rate un virage et vient pulvériser la « belle bagnole » pourtant gentiment garée dans un parking.

Il a dit : « T'as de beaux yeux, Flen ! » et, étrangement, le jour d'après, Flen est hospitalisée pour décollement de la rétine.

Ça vous glace pas le sang, vous ?

En tous les cas, on l'a pas baptisé « Bliss[1] » pour se marrer.

C'est un petit bonhomme sec et patibulaire, avec un visage métallique aussi exempt d'expression qu'un macaque de sérieux. Mauvais, la camaraderie est pour lui ce qu'est la lavande pour un putois. La notion du bien et du mal est perçue, chez lui, comme le sens du devoir chez un chat de gouttière. Son crâne chauve, agrémenté d'un liséré de poils blancs, lui confère l'air d'un récif écrémé de fiente de mouettes. Une tête pareille court-circuiterait un scanner sans pour autant le gratifier de la moindre information.

Je ne comprendrai jamais comment il a réussi à prendre femme, moi.

Dine crache discrètement sous sa chemise pour détourner les influences maléfiques, déglutit et hoquette :

— Qu'est-ce qu'il y a ?

Bliss frotte ses chaussures contre ses mollets pour les faire reluire. Son regard reptilien s'attarde sur moi.

---

1. Le Malin en arabe populaire.

— Je passe vous dire bonjour.
— C'est fait, s'impatiente Dine.

Bliss ne fait pas attention à cette remarque. On raconte qu'il a trempé sa gueule dans l'urine d'un syphilitique. La bassesse ne l'étouffera point. Décrié, haï, renié, il nous revient toujours avec son sourire sardonique et son «solide» visage d'éhonté.

— Heureux de te revoir, Llob. Même si tu m'as fait perdre un pari. Je te croyais plus coriace de caractère. Quand mon beau-père m'a demandé quel genre de gars est le commissaire Llob, je lui ai tout de go répondu que c'est le gars qui n'aime pas qu'on lui marche sur les pieds. J'ai parié une bouteille de Saïda sur ton départ définitif. J'ai dit au beau-père: «Llob, c'est la rejla pur-sang. Comme une balle, quand ça part, ça revient jamais.» Et t'es revenu. Et j'ai perdu le pari. C'est triste, mais je comprends. Les Arguez sont morts avec les Amokrane.

Dine retrousse les lèvres sur un mépris cannibalesque. Il voit venir Bliss le magicien des zizanies. Il pointe un doigt sur le farfadet et brame:

— L'escalier du deuxième est juste sur ta gauche.

— Je sais, ricane Bliss sans cesser de me provoquer. Les chemins sont fidèles à leurs destinations. Seuls les hommes bifurquent sans crier gare.

Là, la moutarde me monte au nez. Je repousse Lino qui tente de me retenir et fonce sur le lutin malveillant.

— T'as assez causé comme ça, Bliss! Tire-toi avant que je perde patience.

— Quelle importance, du moment qu'on a perdu la face?

Je le saisis par le cou. Le salopard pivote de la nuque et esquive mes serres. Il me rit au nez, me salue d'un clin d'œil et se retire comme un malaise.

— Ouvrez les fenêtres ! je braille.

Bliss réapparaît :

— Ah ! j'ai oublié... Une dame a appelé. Il paraît que votre dingue crèche juste par-dessus sa tête. Elle a failli perdre les pédales en découvrant le portrait-robot dans le canard. Faut vérifier, sait-on jamais. C'est au 56, rue Ali Mâachi, Bologhine. Troisième étage. Porte gauche. (Puis il nous toise avec une rare aversion et ajoute :) Et ça se fait passer pour des détectives... tu parles !

Sur ce, il se décide à s'en aller. Il y a, dans sa façon de se déplacer, toute la grâce voluptueuse d'une vipère à cornes.

9

LA MAISON DU DIABLE

Ah! si Ali Mâachi voyait la rue qui porte son nom! Une allée efflanquée que bordent des bâtisses miséreuses, avec des façades fadasses et des fenêtres voilées de cécité; des trottoirs aussi crevassés que les sentiers battus; deux lampadaires rachitiques aux tripes arrachées, proposant une mort certaine aux garnements trop tatillonnants; des boutiques grotesques comme des bouches édentées que hantent des clients moroses et que gèrent des personnages hideux et incroyablement cupides; pas de librairies, pas de salle de cinéma, rien que des nuées de gosses livrés à eux-mêmes, shootant dans des ballons crevés, narguant les vieillards grincheux, écumant les recoins dans d'interminables guerres de quartier; des gosses amers, agressifs, rancuniers, voués à toutes les frustrations et qui apprennent – le plus tôt sera le mieux – à braver les interdits, à singer les lendemains, à forger en silence des représailles terribles; des chômeurs rasant les murs, l'œil blanc, la tête ténébreuse, les lèvres lourdes de blasphèmes et de dépit...

Nous garons notre bagnole au coin de la rue. Pour ne pas ameuter le quartier, nous avons décidé d'être discrets. Il y a Dine, Lino, un fin slougui qui porte un nom obscène et moi. Lino va se planter à l'autre bout de la rue. Le fin-slougui-qui-porte-un-nom-obscène s'installe derrière le volant et surveille le côté nord et les ruelles adjacentes. Après les instructions, Dine et moi nous nous engouffrons dans un bâtiment périclitant. Ça ressemble à un repaire de chauves-souris : escalier périlleux, éclairage nul, cage d'ascenseur close à jamais sur une époque révolue, pipi de mioches dégoulinant sur les marches, chassant à coups de relents acides les rares bouffées d'air...

— Tu parles d'un dépotoir, je râle. Et dire qu'il y a des êtres humains qui vivent là-dedans.

Dine pose un doigt sur ses lèvres et tend l'oreille.

— T'entends quelque chose ?
— Chut !

Je la mets en veilleuse et dresse les antennes. Seul un courant d'air désœuvré froufroute dans les opacités.

— Tu veux que je passe devant ?
— Non, murmure Dine, reste derrière et couvre-moi.
— Pas d'imprudence, hein !

Dine dégaine sa pétoire d'un geste mystique, se plaque contre la paroi et se met à gravir une à une les marches. Sa vigilance exagérée commence à me faire bâiller. Il arrive au premier, inspecte le corridor, les portes gondolées, et me fait signe de le rejoindre. Je grimpe lestement, glisse sur un tas de saletés et manque me défigurer sur la rampe érodée.

— Ça va, Llob ? chuchote Dine.

— T'occupe pas de moi, lui lancé-je héroïquement.

Au bout d'une acrobatie aventureuse, nous atteignons le deuxième étage. Je reste à surveiller les escaliers, mon flingue contre ma joue, flatté par le silence psychédélique que le friselis de mon trench-coat accentue.

Dine s'approche précautionneusement de la porte numéro 22, sonne et attend. Rien. Il recommence. Rien. Je lui conseille d'essayer la méthode ancestrale : il cogne sur la lourde. Des bruits de pas, puis une voix chevrotante :

— Oui ?

— Madame Antar ?

— Qui es-tu ?

— Commissaire Dine. Tu nous as appelés à propos du portrait-robot.

Silence, ensuite Mme Antar :

— Qui me prouve que tu es de la police ?

Dine se fouille, extirpe sa plaque professionnelle et la glisse sous la porte.

On entend un cliquetis, un grincement, un claquement, un autre cliquetis pour enfin voir la porte s'écarter. Le faciès fripé de Mme Antar apparaît à moitié.

— Bonjour, madame.

— Je te reconnais, toi. Je t'ai vu à la télé.

— Bien, madame, peut-on causer ?

La femelle me découvre et pâlit. Dine se hâte de me présenter, et elle retrouve ses couleurs ternes. Elle hésite longtemps avant de nous inviter à entrer.

99

J'ai vu des misères dans ma chienne de vie, mais celle de Mme Antar exagère ; une chaise mutilée, un buffet dévasté, des restes d'édredon, la photo d'un moustachu rivée à un clou et le sentiment néantisant de compter pour des prunes dans une société cruellement oublieuse.

— Excusez le désordre, je ne vous attendais pas de sitôt.

Dine la rassure.

Mme Antar fixe le pétard du commissaire avec beaucoup de réserve.

— Vous allez le tuer ici ? panique-t-elle.

— Il est chez lui ?

— Je ne l'ai pas vu rentrer depuis hier. Il a dû lire le journal.

— Il habite seul ?

— Je pense bien. Il n'arrête pas de marcher de toute la nuit, ajoute-t-elle en pointant un doigt sur le plafond.

— Il habite juste au-dessus de toi ?

— Oui.

— Depuis combien de temps ?

— Environ une année, peut-être un peu plus, peut-être un peu moins.

— Quel genre de type est-ce ? je demande à mon tour, pour signifier à la femme que je ne suis pas l'apprenti de Dine et que je n'ai aucune envie de faire de la figuration.

— C'est-à-dire ?

— Est-ce qu'il reçoit des gens ? Est-ce qu'il se comporte correctement vis-à-vis de ses voisins ? Des trucs de ce genre.

La femme se gratte le lobe de l'oreille gauche avant de minauder :

— Je ne sais pas. Je travaille comme femme de

ménage dans un lycée. Je ne suis pas tout le temps chez moi. Il m'arrive de trimer dans un restaurant, la nuit, pour joindre les deux bouts. J'ai un gosse handicapé à Joinville et mon mari vit avec une autre famille à Constantine. C'est vous dire que je n'ai pas le temps de m'occuper de mes voisins. Votre homme, je l'ai vu une douzaine de fois au maximum. Il baisse toujours la tête quand je passe à côté de lui. Il paraît pudique et effacé.

— Il est comment ?
— C'est-à-dire ?...
— Sa taille ?
— Très grand et très fort.
— Tu es sûre que c'est bien lui ?
— Ben, il ressemble au portrait-robot.

Dine salue avec son arme et me rattrape dans le couloir. Il appuie sur le bouton de son émetteur et demande à Lino et au fin-slougui-qui-porte-un-nom-obscène comment vont les horizons. Le slougui dit que tout va pour le mieux dans le meilleur des mondes. Quant à Lino, il n'a pas répondu à l'appel. Je parie qu'il est quelque part dans un café en train de s'acquitter de son pari sportif.

Nous montons au troisième.

— T'as pas oublié le mandat, Dine ?
— Non, j'oublie jamais ce genre de chose.

À peine arrivés devant le numéro 33 que la porte 32 se met à bâiller. Une espèce de farfadet apparaît, furtif, comme une ombre chinoise. Il nous dévisage un instant, subodore les effluves de la flicaille, se détend un tantinet et dit :

— Il n'y a personne.

Dine lui montre sa plaque.

— Rentre chez toi.
— Vous allez défoncer la porte, je présume,

glapit le nabot. Je peux vous aider. J'ai tout un arsenal de clefs chez moi.

— Ah bon !

Le lutin tique et se hâte d'expliquer :

— J'étais geôlier dans le temps. Je me sens pas bien dans ma citrouille si y a pas un trousseau de clefs à portée de ma main.

Sans attendre notre permission, il va nous chercher un énorme trousseau de clefs. Sa femme et ses sept gosses nous observent, debout tous ensemble dans l'embrasure.

Le nain s'approche de la serrure et y introduit la première clef. Il dit :

— Ce voisin, il m'a toujours foutu une drôle d'impression. C'est pas qu'il est méchant, non, seulement il vous intimide sans même vous causer. Dites, c'est pas le vampire, des fois ?

— Tu es mieux placé pour le savoir, grince Dine.

— C'est que j'en sais pas trop, moi, avec toute cette marmaille qui veut m'bouffer. Impossible d'entendre c'qui s'passe chez les voisins. Quand mes gosses se mettent à hurler, mon vieux, c'est pas de la rigolade. Ils ont fait déménager un tas de locataires, mes gosses. J'arrive pas. C'que vous voulez ? J'arrive pas. J'ai beau les tabasser, brailler plus haut qu'eux, ils ont fini par me fatiguer. J'ai abandonné. *Allah ghalah !* Certains pensent que je fais exprès de dresser mes rejetons pour obliger les voisins à mettre les voiles. Mais c'est pas vrai. Mes gosses, ils sont comme ça. Par contre, le type que vous cherchez, il se plaint pas. Mais pas du tout. Il est là depuis plus d'une année, et jamais il n'est venu cogner à ma porte pour me sommer de mettre un torchon dans la gueule de mes gosses. C'est vrai, il dit pas bonjour, mais il dit rien non plus. Une fois, il m'a trouvé en train de hisser un lit au premier. Il a bien vu que j'avais besoin d'un coup de main et il m'a pas aidé. Comme je bouchais les escaliers, il n'a pas attendu et il est reparti dans la rue.

La porte cède au bout du troisième essai. Le farfadet se relève, les yeux luisants de fierté. Il ajoute :

— J'voudrais pas passer pour une mauvaise langue, mes amis, mais le type, à mon avis, il est un peu niqué de la tête. Des fois, il cogne sur le mur. Des fois, il pousse des cris de loup-garou, et ça fait taire mes gosses toute la nuit.

— Merci, fait Dine. Maintenant rentre chez toi.

— Je vous dérangerai pas, supplie-t-il.

— Sois gentil, dégage!

Le farfadet plonge sa tête ovoïde entre ses épaules et se retire.

Je cherche le commutateur. Une ampoule s'allume et déverse ses rayons crus dans la pièce. Dine est secoué de la tête aux pieds. Il hennit :

— C'est lui!

Ouais, mes enfants, c'est bien lui. Car il faut être vachement siphonné pour entretenir un salon dans une telle anarchie. C'est un musée de l'horreur. Partout, sur chaque mur, saignent des peintures macabres, des portraits de suppliciés, des gouaches d'un rouge criard, forcené, des photographies terrifiantes et des écrits, des graffitis à réveiller des frissons dans le dos d'une statue de cire.

Nous restons, Dine et moi, sidérés.

— Drôle d'artiste, notre coco! s'exclame Dine en brandissant son flingue.

Je m'approche des dessins qui bigarrent les murs. Saisissant! Des personnages éventrés, décapités, des têtes de mort, des cœurs conventionnels giclant de sang, des visages de femmes au paroxysme de la terreur. Il y a aussi des gravures bizarroïdes, exécrables. Un peu partout, sur le parterre, sur les vitres, une multitude d'articles relatant les effroyables boucheries du DAB.

— Ça pue, dis donc! lance Dine.
— Normal, c'est l'antichambre de l'enfer.

Sur une table ronde, je découvre une étoile noire abîmée. Dine pénètre dans les cuisines en vacillant à cause des détritus qui jonchent le parquet.

J'avise un lit de camp pelotonné dans une encoignure. Une couverture puante, un drap souillé, d'un jaune douteux puis, sous un oreiller froissé, la photographie d'une femme en blanc assise sur un trône sous la corpulence tutélaire d'un colosse doux et timide. Le type sanglé dans un costume bon marché, le type qui pose là, sur la photo, à côté de sa femme... c'est le type que nous recherchons depuis des jours.

— Eh, Llob, gémit Dine d'une voix étranglée.

Son ton ne me dit rien qui vaille. Je recule un peu pour le chercher et le vois, une main sur le frigo, l'autre sur la porte ouverte, les épaules affaissées, l'air de quelqu'un qui est sur le point de tourner de l'œil.

— Dine, ça va?

Il n'a pas la force de se retourner. Il carcaille:
— T'as toujours pas froid aux yeux, Llob?
— C'est que j'aime pas avoir du verglas sur les cils.
— Alors, amène-toi et vise-moi ça...

Il y a, dans sa façon de dire les choses, comme un défi qui me déplaît. Je le rejoins dans la cuisine. Il s'écarte pour dégager le frigo. Ce que je découvre au fond du frigo me hérisse les fesses.

— Mon Dieu !

Dine se retient de vomir. Il grince en titubant :

— Tu penses qu'ils sont humains ?

Je regarde les trois cœurs alignés sur un plateau inox. Ma nuque est parcourue de frissons épineux. Plus je fixe les trois cœurs enveloppés dans de la Cellophane, plus j'ai envie de prendre mes cliques et mes claques et de foutre le camp au plus vite.

Plus tard, le médecin légiste nous confirmera qu'il s'agit bel et bien de cœurs humains.

Pour le moment, Dine se replie en deux et dégueule son sandwich à la merguez dans une poubelle débordante d'ordures.

D'une main incertaine, j'appuie sur mon émetteur et appelle Lino uniquement pour ne pas me sentir seul, uniquement pour ne pas me mettre à chialer comme un succube.

10

Dingue ou pas dingue

Serdj écarte les bras, navré. Il a maigri, l'animal. Il ne sait pas ménager ses forces; il ne sait pas tricher. Comme tous les péquenots convertis en citadins. Quand il entreprend quelque chose, il va jusqu'au bout. Depuis que je le connais, pas une fois je ne l'ai entendu se plaindre ou formuler une demande de permission. Discipliné, sincère et dévoué, Serdj serait commissaire si, au lieu de faire le boulot des paresseux, il s'était acquitté des différents stages auxquels il aspirait. Seulement voilà, chez nous, les stages sont conçus pour nous débarrasser des indésirables et des incompétents. Quant aux autres, ceux qui cravachent ferme sans rouspéter et sans ahaner, ils peuvent toujours rêver; ils finiront petits et accepteront volontiers de sortir par la porte de secours pour ne pas déranger les ingrats.

Je tambourine nerveusement sur mon sous-main.

— Rien?
— Rien, soupire Serdj, honteux de me décevoir.

— T'as bien cherché dans les bas quartiers ?

— Nous avons passé la ville au peigne fin, commissaire. J'ai mobilisé vingt hommes et un tas d'indics. Aucun pharmacien ne se rappelle avoir eu pour pote un certain M'sonné. Nous avons fouiné du côté de Chéraga et de Béni Messous. Fodil est allé jusqu'à Réghaïa. Pas un pharmacien n'a réagi. Nous avons montré la photo du suspect aux passants, aux boutiquiers, aux éboueurs, aux taxieurs, aux receveurs de bus : toujours la même moue désolée, et le même haussement d'épaules. Autant chercher un boucher honnête au mois de Ramadan !

— Il s'est quand même pas volatilisé, clabaude Lino qui profite de ma protection pour outrepasser ses prérogatives.

— Tu écrases, toi ! Serdj est plus ancien que toi, et tu lui dois du respect.

Pris au dépourvu, Lino accuse le coup avec un certain talent. Son visage, brusquement cramoisi, se racornit. Il avale convulsivement sa salive et bat en retraite :

— J'ai dit ça comme ça, commy.
— T'as rien à dire.

Il se rapetisse derrière sa dactylo et feint de s'occuper de sa page d'un blanc déconcertant.

Je fais signe à Serdj de prendre une chaise. Il s'assoit avec une touchante humilité, enchevêtre ses doigts et évite de lever les yeux.

Pour le réconforter, je lui avoue :

— J'arrête pas de penser que nous faisons fausse route depuis le commencement.

Serdj dodeline de la tête. Je lui explique ;

— Nous sommes tombés dans son jeu, voilà tout. Il a voulu qu'on le prenne pour un dingue, on a marché tête baissée dans ses combines et lui, il continue de tirer les ficelles.

Je cogne hargneusement sur la table et déblatère :

— C'est pas un dingue, les gars ! C'est un redoutable tacticien. Il nous mène en bateau depuis le début.

Serdj examine ses ongles pour ne pas avoir à affronter mes prunelles éclatées. Il renchérit :

— Tu as sûrement raison, commissaire. Notre tueur, il a toute sa tête. Chacun de ses pas est planifié, chacune de ses actions est chronométrée. Il sait parfaitement ce qu'il fait. Tant qu'on continuera à le prendre pour un toqué, il nous tournera en bourrique. Le coup du pharmacien, son sobriquet, la barre de fer trouvée dans le jardin de la première victime, ses diatribes ne sont que du tape-à-l'œil, du camouflage. Et pendant qu'on court derrière ces amuse-gueules, le vampire se retire dans son repaire et peaufine tranquillement ses mises en scène... Dépecer une femme en plein jour, et dans les toilettes de Riad El Feth, c'est pas à la portée du premier venu. Notre tueur est aussi sain d'esprit que nous tous.

Lino, incorrigible, émerge de derrière sa machine et fait remarquer :

— Seul un cinglé est capable de charcuter ses victimes de cette façon.

— Justement, reprend Serdj, ça aussi faisait partie de son plan. Il voulait coûte que coûte nous faire croire qu'il a les fusibles grillés dans sa caboche.

Je me fouille en quête d'une cigarette. Ensuite, il m'a fallu la moitié d'une boîte d'allumettes pour l'allumer. La fumée laisse un goût de rat brûlé sur ma langue. Si l'OMS savait ce qui se trame dans les coulisses de la SNTA[1] !

Je dévisage tour à tour les deux inspecteurs.

— Où c'qu'il est passé ? je crâne.

— Il s'est peut-être retiré dans le maquis, trouve intelligent de supposer Lino.

Serdj ouvre son calepin et le feuillette d'un air affligé.

— J'suis pas tranquille, souffle-t-il.

— À qui le dis-tu !

— Il a parlé de six victimes. Il en a liquidé quatre, il en reste deux.

Je me lève et m'approche de la fenêtre. Dehors, un soleil blafard s'escrime à traverser les nuages haillonneux qui défilent dans le ciel bas, semblables à des cohortes de mendiants. La ville pêche dans les eaux troubles. Le peuple s'adonne à la spéculation. Seuls les chiens sans laisse continuent d'attendre le miracle.

— Tu sais, Serdj ? Depuis un bon moment, je me dis que là aussi, il nous a roulés comme des « r » russes. Il a parlé de six cibles, et rien ne prouve l'authenticité de ce chiffre. Il s'agit peut-être de quatre. Pourquoi pas, après tout ? Il les a liquidées. Mission accomplie. Les deux autres, c'est juste pour nous occuper pendant qu'il se taille loin d'ici.

— Je me le dis aussi, ment Lino.

Le planton s'amène d'un pas feutré. Il toussote dans son poing pour attirer mon attention.

— Ouais ? je tonne. On t'a sonné ?

Le planton manque de choper une apoplexie.

— Il y a un couple qui souhaite vous parler, commissaire, dit-il en français.

---

1. Société nationale de tabac.

— Tu reviens de chez Molière ?

Le planton sourcille et balbutie :

— J'ai pas quitté le couloir, commissaire. Je reviens de chez personne, je le jure. Il y a un couple là, dehors, qui veut te parler.

— J'ai pas le temps.

— Ils disent que c'est au sujet du DAB.

Ça ne m'emballe pas. Je commence à en avoir assez de cette histoire. Lino se redresse comme un toutou à la vue d'un nonos. Serdj cache son calepin et se retourne vers la porte.

— D'accord, je cède, fais-les entrer.

Vous parlez d'un couple !

Prenez un portemanteau. Mettez une gabardine verdâtre et un foulard sur le portemanteau. Eh bien, vous avez devant vous le portrait de la dame. Quant à son jules, il évoque un zèbre qui vient de perdre son pyjama. Ils entrent, timides, presque effarouchés. Le sourire compatissant de Lino ne les réconforte pas. Madame grelotte. Son teint livide rappelle un cierge éteint au fond d'un marabout. Le monsieur, lui, cherche vainement à se donner une contenance.

— Commissaire Llob ? minaude la gonzesse.

— C'est moi.

Elle me tend la main. Merde ! Il va falloir que je refasse mes ablutions, conformément aux recommandations de mon imam vénéré.

Le monsieur reste derrière, à lisser ses moustaches inutiles.

— Prenez sièges, les invité-je.

Serdj cède sa place à la femelle. Le mâle préfère garder son pompeux 1,61 m.

Je m'installe derrière mon bureau. Sans me

presser. Sans m'enthousiasmer. Je croise les bras et ronronne :

— Qu'est-ce que je peux faire pour vous ?

La dame ouvre la bouche sans parvenir à articuler une syllabe. Le monsieur vient à son secours :

— Je m'appelle Blel, Ali Blel. Je suis industriel. Dans le textile. Elle, c'est mon épouse.

On croirait entendre parler un organigramme !

— Très heureux.

Ali Blel s'aperçoit qu'il vient de consommer toute sa littérature. Chienne de vacuité ! Il supplie sa femme d'enchaîner. Pendant ce temps, moi, je m'ennuie à crever. Comme un malheur ne vient jamais seul, c'est la dame qui se met à pleurnicher.

— Allons, allons, madame, je grimace.

— Il veut me tuer ! explose-t-elle.

— Qui ça ?

— Le Diiiiinnnnngue !

— Lequel ? Il y en a vingt-quatre millions au pays.

— Celui dont parlent les journaux.

— Tu veux parler de celui qui se balade avec un bistouri ?

— Ouiiiii !

Franchement, je ne la prends pas au sérieux. Car j'ai déjà entendu cette qacida quelque part.

— Tu le connais ?

— Je ne sais pas.

— Tu l'as vu ?

Elle repart dans un hurlement de sirène.

— Madame, ressaisis-toi. Ce dingue, il t'a agressée ?

Elle redouble ses sanglots. Lino, qui confond galanterie et précipitation regrettable, lui tend un mouchoir sale comme une culotte de hippy. Elle le repousse et se mouche dans un carré de soie.

— Tu n'as rien à craindre, madame. Tu es en sûreté.

Elle tamponne ses yeux, renifle et raconte :

— Il n'a pas cessé de rôder autour de notre maison, à Boumerdès, psalmodie-t-elle, à mi-chemin d'une crise d'hystérie. Il s'arrangeait toujours pour se glisser à l'intérieur de la maison, pour laisser traîner quelque chose dans l'intention manifeste de me tuer de frayeur. Ça ne pouvait plus durer. Alors, mon mari et moi avons rejoint notre deuxième villa à Hydra. Pendant une semaine, il m'a laissée tranquille. Et ce matin, en m'apprêtant à prendre un bain, j'ai trouvé une étoile noire sur ma baignoire.

Mes oreilles sifflent ; ça devient sérieux.

Ali Blel tapote affectueusement l'épaule de son épouse et explique :

— Au début, j'ai cru que ma femme perdait la boule. L'histoire de l'Éventreur a fait pas mal de grabuge. Tout le monde corse un peu dessus, la presse, la radio, la télé. Comme ma femme est extrêmement influençable, j'ai pensé que c'étaient juste des hallucinations. Il y a huit jours, elle m'a réveillé sur le coup de deux heures du matin. Effectivement, une silhouette monumentale nous narguait dans notre jardin. La prenant pour un cambrioleur, j'ai ouvert la fenêtre pour la voir déguerpir. La silhouette n'a pas bronché ; elle a ri et a crié : « Yamina, j'ai tout mon temps »... Il connaissait le prénom de ma femme. Il avait une voix qui... qui... Le lendemain, à la première heure, nous avons fait nos bagages et nous sommes rentrés à Hydra. Trois jours après, c'est le téléphone

113

qui s'affole. Et toujours personne au bout du fil. Juste une respiration désagréable. J'ai rien dit à ma femme pour ne pas la terrifier, mais je l'ai pas quittée d'une semelle. J'ai compris qu'elle était en danger. Et ce matin, on a trouvé une étoile noire dans la salle de bains. Le dingue a emprunté la fenêtre des cuisines en cassant un carreau. Il a touché à rien. Il a juste déposé l'étoile noire sur la baignoire et il s'est retiré. Ma femme est restée trente minutes dans les pommes. Y a de quoi, un assassin sous son toit! Quand elle a recouvré ses esprits, nous avons décidé de venir vers vous.

— Pourquoi avez-vous tardé à vous manifester?

— Ben, on savait pas encore.

— Quel genre d'étoile?

— À cinq branches, noire et velue comme une tarentule. Il y a une photo dans *Horizons*.

Serdj s'affaisse sur le bord de mon bureau et m'interroge des yeux. J'essaye de réfléchir vite et bien.

— Pourquoi ta femme?

Le monsieur prie son épouse de nous expliquer. Après deux larmes et un reniflement, elle hoche la tête et commence :

— J'y voyais aucun rapport. J'ai entendu parler de l'Éventreur, comme tout le monde. J'avais peur, bien sûr, et je me disais que ce genre de drame n'arrivait qu'aux autres. Puis, quand ça a été mon tour, j'ai voulu savoir pourquoi je figure sur la liste noire du vampire. J'ai fouiné dans les journaux et j'ai compris, enfin, j'ai établi le rapport. Rachid Moumen, Badra Baki, Yasmina Wali et Abla Dahmani, c'est-à-dire les quatre victimes, je les connaissais...

Serdj griffonne énergiquement dans son bloc-notes. Lino reste bouche bée. Moi, je suis littéralement abasourdi, mais je feins celui qui en sait long.

La femme replonge son nez d'espadon dans son mouchoir, émet un ululement dissonant, essuie ses larmes et continue :

— Nous avions travaillé ensemble, à l'hôpital. Rachid Moumen était notre chef de service. Badra, Yasmina et Abla étaient infirmières. Moi, j'étais la sage-femme. Puis, on s'est perdus de vue. Yasmina s'est mariée la première. Abla a trouvé un travail plus lucratif chez un imprimeur, à Bab Azzoun. Badra est restée à la maternité. Rachid a ouvert un cabinet du côté de la Grande Poste. Puis j'ai rencontré Ali et j'ai quitté l'hôpital pour m'occuper de lui.

Quelque chose me dit que nous tenons enfin une bonne piste.

Je lui demande :

— Pourquoi ce carnage, madame ? Que lui avez-vous fait pour déclencher une telle furie meurtrière ?

— Je ne sais pas. J'ai vu le portrait-robot dans le journal et il me dit rien.

— Cette histoire remonte à trois ans, madame. Essaye de...

— Je ne fais que ça, commissaire, j'essaye... Personnellement, j'ai quitté l'hôpital il y a deux années. Rachid, trois ans, Badra, plutôt Yasmina, deux ans et demi. J'ai passé au crible chaque détail, commissaire, y a rien.

— Il s'est rien passé de très grave, à l'hôpital ? Quelque chose de tragique, de révoltant ?...

Elle fronce les sourcils, pioche dans les différentes couches de sa mémoire et nous revient aussi bredouille que le draguerillero de Abderrahman Lounes.

— Il se passait tellement de grabuge à la maternité, commissaire. Nous étions dépassés par les événements. Il m'arrivait d'assister à vingt et trente accouchements en une nuit. C'était l'enfer.

Je tapote avec mon stylo sur le dos de ma main gauche.

— Notre dingue a dû perdre et sa femme et sa raison à l'hôpital, madame. Il ne tue pas comme ça. Il se venge.

— La mort est une chose courante à la maternité, commissaire. Il y a des femmes qui ne vont jamais consulter un gynéco, et quand elles arrivent pour accoucher, elles nous mettent dans un sacré pétrin. Et d'autres qui tombent enceintes à peine quarante jours après avoir accouché. Et d'autres encore qui présentent des complications cardiaques. Et j'en passe sur l'hygiène, et le suivi, etc. Donc la mort nous était particulièrement familière, à la maternité.

Je dodeline de la tête, tire sur le tiroir et étale la photo de mariage du dingue.

— Cet homme ne vous rappelle rien ?

Elle écarquille les yeux avant de faire non de la tête.

— Et la femme assise à côté de lui ?
— Non, commissaire.
— Vous étiez combien, dans le service ?
— Sept... les quatre victimes, une infirmière qui n'est pas restée longtemps et un interne qui est mort dans un accident de circulation.
— Parle-nous de la fille.

Elle se retourne vers son mari qui l'encourage d'un clin d'œil.

— Elle n'est pas restée longtemps, commissaire.

— Pourquoi ?

— On s'entendait pas bien, elle et moi. Elle rouspétait tout le temps et bravait mon autorité. Elle ne daignait même pas prendre mes instructions en considération. Elle était... frivole, insolente, rebelle. Nous avons eu beaucoup de problèmes à cause d'elle. J'ai dû la traduire devant le Conseil et elle a été suspendue.

— Qu'est-ce qu'elle est devenue, après ?

— J'ai rencontré sa sœur dans une circoncision. Elle danse dans un... cabaret, sur le littoral.

— Qui ça, la sœur ?

— Non, l'autre, l'ex-infirmière.

— Dans quel cabaret ?

— Je ne m'en souviens plus.

— Il faut... fais un effort, c'est d'une importance capitale.

Elle plisse ses paupières pour se concentrer. Au bout d'une interminable minute, elle hasarde :

— Quelque chose de « rouge ».

— Ça doit être l'Antre Rouge, tonitrue Lino qui vient de confirmer, à son insu, sa réputation de fieffé sybarite.

La femme rougit à son tour pour faire pudibonde.

— Elle a un nom, la danseuse ?

— Elle se faisait appeler Fa, comme le savon. C'est une fausse blonde, grassouillette et effrontée, qui parle en tordant les lèvres sur les côtés...

Serdj note tout.

117

— Qu'est-ce qu'on va devenir, commissaire, avec ce fou en liberté? s'alarme la dame. Je ne dors pas la nuit. Chaque bruit me terrifie. C'est horrible!

— Du calme, madame, je vous détacherai deux hommes sûrs. Vous pouvez rentrer chez vous. Laissez votre adresse et votre numéro de téléphone. Votre maison sera gardée de près et sans relâche.

Elle n'est pas rassurée.

Je la comprends, la pauvre.

11

RECHERCHE FA, PROFESSIONNELLEMENT

Nous arrivons à l'Antre Rouge sur le coup d'onze heures. Les nuages coagulés dans le ciel nocturne déversent une pluie sournoise sur la plage et les maisonnettes trapues. De loin, le cabaret ressemble à une maison de maître tranquille. Nous empruntons une allée dallée bordée de plantes luxuriantes. Quelques jeunots s'amourachent sans vergogne sous le regard amorphe des envieux. Lino n'arrête pas de faire pivoter son périscope dans tous les sens pour se rincer l'œil. C'est saint Jeudi-Soir, et il y a un tas de trucs à voir.

Je tourne à droite, glisse dans un parking vaste comme un mouchoir et gare ma Zaztava à côté d'une Mercedes taciturne. Le chauffeur de la Mercedes, un barbu avec des lèvres de mérou, n'aime pas être serré de près, particulièrement par une bagnole prolétaire. Il baisse la vitre et brame :
— Hé, toi, y a de la place ailleurs ! Prends ta ferraille et bouge-toi de mon horizon. Tu me fais trop d'ombre.
Je le gratifie d'une grimace et l'informe :

— Écoute, Médor. Ma bagnole, je vais la laisser ici et tu vas me la garder jusqu'à mon retour. Si je trouve une seule goutte de pluie dessus, je te bousille le crâne.

Médor se fâche, bouscule sa portière et étale devant moi son impressionnante ossature d'idiot. Il feule :

— Je te dis de ramasser tes bouts de misère et de calter.

Je descends à mon tour et, sans crier gare et à la manière des anciens tirailleurs, je lui fiche mon 43 dans le bas-ventre. Médor pousse un râle et s'agenouille presque.

Je le prends par les cheveux et lui récapitule :

— Une seule goutte de pluie sur mon pare-brise et t'es bon pour la casse.

Lino, qui profite immanquablement des malheurs des autres pour asseoir son bonheur, se penche sur l'enfoiré et lui murmure :

— Je te conseille de faire très attention à c'qu'il dit. C'est lui, le dingue au bistouri.

Sur ce, nous ricanons d'aise, Lino et moi, et nous marchons vaillamment sur le neight-kleb. Déjà, de la véranda, nous parvient une musique bâtarde. Quelqu'un est en train d'aboyer dans un haut-parleur qu'il a fait l'amour dans une baraque mal foutue. Ça s'appelle le Raï, ou la confession paillarde d'une génération châtrée. Les Français disent qu'il s'agit là de l'expression majeure de la culture algérienne ; et les nôtres se pâment de fierté. Des voyous défilent à la télé, bredouillent leurs épopées d'incultes et leur gloire facile, nous chantent des absurdités sur un ton zélé pendant que les Souheib Dib, Khellas, Bouzar, les détenteurs de toutes les vertus, s'enlisent dans la pénombre inconfortable de l'indifférence et de l'ostracisme... Tfou !

Une espèce de buffet maure monte la garde devant la porte d'entrée. Je n'ai pas besoin de lire dans une boule de cristal pour savoir que c'est un repris de justice, un faux jeton, un illettré et un danger public, et ça ne l'empêche pas de se saper comme un Sicilien de Miami, de cultiver un embonpoint agréable à admirer et de causer français, lui qui sait juste compter les fafiots.

— Où tu vas comme ça, grand-père ? me lance Médor Deux en se dandinant sur place. La saison de l'Oumra[1] n'est pas encore ouverte.

— Ah ! je fais, amusé.

— Et puis, c'est pas un endroit pour toi ici, grand-père. Tu devrais avoir honte. Traîner tes guêtres par ici, à ton âge !

Il commence à me chauffer les oreilles, le mariole. Je lui fous ma plaque professionnelle sous les narines :

— Garde ta salive pour les bottes de ton employeur, mon gars. Police ! Écarte-toi si tu ne veux pas être écrabouillé par une bétonnière.

Il ne panique pas, le jeunot. C'est un malin majeur et vacciné, si vous voyez ce que je veux dire. Il bouge à peine son gros cul et nous laisse passer. Lino – qui aime tellement faire des siennes – lui tapote les joues et lui chuchote :

— Qu'est-ce que tu fais ce soir, mon minet ?

Et le jeunot, très calme et très contracté, chuchote à Lino :

— Ce soir, j'ai rancard avec ta sœur.

Il s'attendait pas à ça, mon monstre abyssal ! Il

---
1. Pèlerinage.

manque d'avaler sa pomme d'Adam. Comme c'est un pneu, il se dégonfle. Il fait celui qui a mal entendu et me rejoint.

— Qu'est-ce qu'il t'a murmuré, le minet ? je lui demande, sarcastique.

— Heu... rien... rien...

Connard de Lino ! Ne sais-tu pas que le zèle, c'est comme le crime ; si ça ne paie pas, c'est parce que ça n'a pas assez de jugeote pour contrôler ses comptes ?

Nous pénétrons dans l'Antre. C'est la caravane d'Ali Baba avec, à la place des joyaux, des gueules peinturlurées et des lèvres salivantes. Sur l'estrade, inondé de lumières impudentes, un groupe de loubards se tortille en esquintant des instruments de musique sophistiqués. Le chanteur me rappelle ce singe de cirque dont les beaux habits ne parviennent pas à le débarrasser de ses grimaces.

Le chanteur gueule :

*Damné soit mon père
Elle a pris un couteau
Et décidé de me piquer*

Pauvre Sehaba ! C'est cruel d'être poète sans le synthétiseur !

Lino localise une pouffiasse esseulée. Ébouriffée comme une chatte mutine, elle est en train de se soûler.

— C'est elle, commy ?

— J'en sais fichtrement rien. La nuit, toutes les chattes sont grises aussi.

Nous nous approchons du bar. Accoudées au comptoir, deux adolescentes nous guettent à travers leur verre de Ricard. Celle de gauche doit avoir l'âge de ma fille, et ça me met en boule. Celle de droite décoche un regard coquin à mon intello qui se hâte de se marrer comme une baleine.

Le barman est en train de téléphoner. Il jure sur la tête de sa mère qu'il est bloqué à Lyon et qu'il ne pourra pas rentrer au pays avant trois jours. Je lui fais signe de s'approcher ; il m'ignore superbement et continue de miser la tête de sa pauvre mère sur un flagrant mensonge.

— T'es pas un habitué, mon chou ? glousse l'une des deux adolescentes à Lino.

— C'est vrai, mais j'ai bien l'intention de me rattraper.

— Sans blague ! Je connais pas mal de raccourcis, tu sais ?

— C'est intéressant.

— Tu t'appelles comment, chou ?

— Moi ? Les potes m'appellent Mike...

— Jagger ?

— Pardon ?

La petite se tortille comme un asticot, caresse vicieusement les grosses pognes de Lino et lui roucoule :

— Tu me paies un verre, trésor ?

— Vide ou bien plein ? ironise Lino.

La gamine se retourne vers sa copine et lui confie :

— Il est marrant, le beau gosse.

— T'as raison, renchérit l'autre, il est presque basané.

La première frotte ses jeunes nichons contre les bras de l'inspecteur, passe sa langue sur ses lèvres charnues et miaule :

— Tu m'le paies, ce verre, hein ? Après, on ira

causer. On parlera rien que pour rigoler, chou. J'adore rigoler.

Lino se fouille avant de déclarer :

— Pas de chance, poulette. J'ai encore oublié mon porte-monnaie chez le coiffeur, et il doit être fermé à l'heure qu'il est.

— Ça va, j'ai pigé, s'énerve la môme. Je tète plus mon pouce.

Le barman raccroche furieusement et essuie son front miroitant de sueur dans un torchon. À cet instant, le groupe néo-yéyé cesse de nous martyriser les oreilles. On ne l'applaudit pas ; on ne sait même pas qu'il existe. Le chanteur fait la révérence et se retire sur la pointe des pieds, sa bande derrière lui. Les projecteurs s'éteignent pour mettre en exergue l'harmonie d'un halo bleuté. Une grosse créature, difficilement de sexe féminin, apparaît, le sourire pareil à une fermeture Éclair sur sa face de rhinocéros. Elle cherche le micro, trébuche sur le fil et rajuste sa robe imprudente. Elle est ivre comme une souris des caves.

— Et maintenant, suffoque-t-elle, la danseuse envoûtante, le ventre qui charme les serpents, la grâce des succubes... Mimi Et-Temou-chen-tiaaaa !

Quelqu'un tape dans ses mains, mais nul ne saurait dire si c'est pour applaudir ou bien pour appeler le serveur. Une musique endiablée ébranle la salle, les lumières reviennent, ensanglantées et agressives, et une naine à moitié nue se propulse sur l'estrade en se déhanchant frénétiquement. Ma parole ! On se croirait dans un cirque en faillite !

Blasé, je m'adresse au barman :

— C'est ça, votre Samia Gamal ?

— Ouais, éructe le barman, elle te plaît pas ?

— J'ai vu pire. Dis-moi, quand va-t-elle passer, Fa?
— Elle danse pas ce soir.
— Tiens, et pourquoi? Elle fait la grève?

Le barman s'éloigne vers un client au bout du comptoir, lui verse deux doigts de tord-boyaux et préfère lui tenir compagnie.

Je le hèle.

— C'que tu veux encore? il fait, agacé.
— Reviens un peu par ici, s'il te plaît.

Il revient à contrecœur. Je lui montre ma plaque pour le calmer. Il retrousse les lèvres sur un rictus dédaigneux et bougonne:

— Si tu comptes la faire passer pour une carte de crédit, commissaire, autant te prévenir tout de suite: les temps ont changé. On graisse plus la patte aux poulets. Ici, tout le monde paie ses consommations, et cash. On est en règle, en démocratie, et on a pas peur.

Lino se dresse sur ses ergots:

— Vas-y mollo, p'tit bonhomme. On n'est pas ici pour nous shooter, mais pour bosser. On cherche après Fa. On veut savoir où elle est?
— Y a une cartomancienne pas loin d'ici, dit le guignol avant de toiser Lino et de me demander: d'où c'qu'il sort, çui-là?
— T'occupe pas! je l'arrête. Dis-nous seulement où elle est, Fa la danseuse.
— J'suis obligé de répondre?
— À moins que tu ne veuilles être coffré pour non-assistance à personne en danger.

Le barman s'apaise. Il cherche dans la tourbe et fait signe à un moustachu paré tel un nabab. C'est le patron. Il nous tend sa main peu recommandable et nous invite à nous attabler dans un coin peinard.

Lino amorce de se laisser corrompre. Je le freine et explique au moustachu qu'on a du pain sur la planche et qu'on veut juste savoir où se trouve Fa. Le patron se montre coopératif. Il aboule :

— Elle n'est pas revenue depuis qu'elle est partie au bled. Ça fait huit jours aujourd'hui. Je l'ai appelée au téléphone. Pas moyen de la joindre. Elle était partie pour vingt-quatre heures seulement.

— Elle est partie pour quoi ?

— Une histoire de lot de terrain, je crois. Pour être franc, commissaire, je ne suis pas tranquille. Ce n'est pas dans ses habitudes. Et puis, elle avait un contrat à signer avec un producteur de films spécialisés. Elle était folle de joie à l'idée de devenir actrice. Disparaître comme ça, c'est pas son genre.

— Elle est partie avec le producteur, peut-être, suppose Lino.

— Je ne pense pas. Ses affaires sont dans sa chambre. Elle a aussi ses bijoux et tout son fric dans mon coffre-fort. Quelque chose ne tourne pas rond.

Je lui mets la photo du Dingue sous le nez :

— Ce type, il ne vous dit rien ?

Le patron ne fait pas de chichi. Il le reconnaît aussitôt :

— Ben, c'est le producteur. Il est venu, l'autre semaine, bavarder avec Fa. Ils ont discuté pendant une demi-heure au moins, puis ils ont arrêté les modalités et le reste, et ils se sont donné rendez-vous ici mardi passé pour signer les papiers.

— Il est revenu, le mardi ?

— Non.

— Si vous le revoyez, téléphonez dare-dare à la Centrale et demandez Llob.

— Dôb ?

— Llob... commissaire Llob.
Le patron me prend par le bras et s'enquiert :
— C'est grave, commissaire ?
— Une question de vie ou de mort.
Quand nous sommes retournés dans le parking, Lino et moi, nous nous sommes aperçus d'une chose : on se taisait !

Quelque chose nous dit que les tripes de Fa doivent se décomposer depuis déjà un bon bout de temps quelque part dans un dépotoir communal.

*
* *

À peine avons-nous quitté l'Antre Rouge et sa plage que la radio se met à se racler le gosier. C'est un appel de la Centrale :
— À toutes les voitures, dans les secteurs 6 et 8...
Je m'empare du micro et fais :
— Commissaire Llob, j'écoute.
— On signale une bagarre rue Ali Mâachi.
— J'y vais.
Je raccroche, enclenche la quatrième vitesse et fonce, tel un hanneton affolé, à travers les boulevards désertés de la ville. Cinq minutes après, nous débouchons rue Ali Mâachi. Un attroupement est en train de fermenter devant la porte de l'immeuble que vous connaissez. Je range ma Zaztava sur le trottoir et me fraye un passage dans la cohue. Je reconnais difficilement l'homme désarticulé sur la chaussée, baignant dans une mare de sang. C'est un homme à Dine. Il a la tête fracassée, les yeux exorbités et il a cessé de respirer.
— Que s'est-il passé ? je demande autour de moi.
L'inspecteur Bliss est là, debout, à m'attendre.

Il me prend à l'écart et me désigne la fenêtre déchiquetée du troisième étage.

— Il a été balancé de là-haut. J'ai rien pu faire. J'ai juste entendu la fenêtre voler en éclats et vu le pauvre flic piquer droit sur le bitume. Il a été tué sur le coup.

— Qu'est-ce que tu foutais par ici, Bliss ?

— Je surveillais la rue. Comme Dine et ses hommes. C'est le patron qui m'a chargé de vous avoir à l'œil et de le renseigner sur ce que vous faites.

— Tu as appelé l'ambulance ?

— Elle sera là dans une minute.

— Que s'est-il passé ? demande Lino.

Bliss esquisse une moue incertaine et hasarde :

— Le Dingue a dû les surprendre chez lui. Il y a une petite porte derrière l'immeuble. Elle donne sur un garage, et du garage, on a accès au bâtiment. Dine ne le savait pas. Le Dingue a dû emprunter cette voie et les surprendre par-derrière. Il a balancé l'agent par la fenêtre et il a sérieusement amoché le commissaire.

— Quoi ? je m'étrangle. Dine est là-haut ?

Je me rue dans l'immeuble et gravis quatre à quatre les marches jusqu'au troisième étage. Le voisin au trousseau de clefs et sa famille encombrent le palier.

Je trouve Dine étendu par terre, le visage tuméfié et en sang, inerte et presque disloqué.

Sur le mur, avec un bâton de rouge à lèvres, le Dingue a écrit, en français cette fois : *Rendez-moi ma photo.*

12

La nuit infernale

— Dine !

Mon cœur cesse de battre un instant avant de se remettre à me canonner la poitrine. Mes vieux mollets de citadin flageolent. J'ai un mal fou à avancer correctement. Quand je m'accroupis devant mon collègue, j'hésite longtemps avant de le toucher. Je retire aussitôt mes mains maculées de sang et les fixe d'un œil incrédule.

— Dine, réponds-moi !

À mon grand soulagement, le commissaire émet un gargouillement. Un filament sanguinolent pendouille aux commissures de ses lèvres. Il n'arrive pas à respirer. On dirait qu'il a été broyé par une moissonneuse-batteuse. Ses paupières frémissent spasmodiquement avant de dévoiler un regard quasiment vitreux.

— Ne dis rien, je le supplie. L'ambulance va arriver. Surtout, n'essaie pas de bouger.

Ses lèvres ébauchent une kyrielle de grimaces ; il cherche à me dire quelque chose. Je me penche sur lui. La voix en charpie du commissaire geint :

— Je... je... l'ai... touché...

Bliss et Lino arrivent, essoufflés. Mon subordonné se cache la figure dans les mains. L'autre, imperturbable, jette une œillade circulaire dans la pièce, fonce dans les cuisines et revient.

— Où est l'ambulance ? je râle.

— Elle est en bas, grommelle Bliss. On fait monter le brancard.

Lino sort dans le couloir. Je l'entends hurler aux infirmiers de se secouer les fesses.

Bliss se met à croupetons, les sourcils broussailleux. Il passe un doigt sur un grumeau de sang, avise un autre sur le seuil, un troisième, puis une petite flaque dans le couloir.

— Le Dingue est blessé, me dit-il de sa voix détimbrée. Il a pissé beaucoup de sang avant de se tailler.

Les infirmiers débouchent dans une frénésie inouïe. Ils étendent la civière sur le sol et s'affairent autour du médecin pour les premiers soins.

— Il est mal en point, diagnostique le toubib.

— Démerde-toi, je hennis. T'as pas intérêt à c'qu'il te claque entre les doigts.

— Dans ce cas, commissaire, laisse-nous nous dépatouiller.

Le voisin s'encadre dans l'embrasure, son prophétique trousseau de clefs à la main. Je le repousse dans le couloir et le cale contre le mur.

— T'as vu quelque chose ?

Le nabot protège son faciès faunesque derrière ses bras comme s'il s'attend à recevoir une baffe. Je lui explique que je n'ai aucune raison de meurtrir ma main sur une figure aussi rebutante. Ça l'apaise un peu, le farfadet.

— Alors ?

D'un coup, il arbore l'air important de celui qui détient la Vérité, toute la Vérité, rien que la Vérité. Il manque de lever la main droite et de jurer. Il éprouve un malin plaisir à me faire perdre patience. Mon poing se crispe en vibrant. Le nabot s'assagit et accouche :

— Ben, commissaire, j'étais en train de réparer mon téléviseur quand j'ai entendu un fracas. C'était pas sorcier de deviner que quelqu'un défonçait une porte. J'ai accouru et, par l'œil de ma serrure, j'ai vu le DAB debout dans son salon. Impressionnant ! Avec ses énormes épaules et ses bras ballants, on aurait dit un gorille. Le commissaire a perdu quelques secondes à dégainer son arme. Il s'attendait pas à une visite aussi intempestive, le commissaire. Pendant qu'il cherchait à dégainer, le Dingue lui a sauté dessus et l'a presque bouffé. Un autre flic est sorti de la pièce d'à côté. Il a tenté de dégager son chef. Avec la crosse de son flingue, il a cogné sur le maboul. Le maboul a lâché le commissaire, il a soulevé le jeune flic et il l'a défenestré. C'était horrible. Entre-temps, le commissaire a réussi à s'emparer de son arme et il a ouvert le feu sur le vampire. Trois fois. Ben, le Dingue, il a pas fléchi, il a pas crié ; il a juste reculé d'un pas avant de balancer son boulet de poing dans la figure du commissaire. Après l'avoir assommé, il s'est mis à chercher partout quelque chose qu'il n'a pas trouvé car il s'est déchaîné et... je crois... qu'il pleurait aussi.

— Après, après ?... je m'impatiente.

— Après ? fait le nabot en se grattant le crâne pour se souvenir. Après, il s'est aperçu qu'il saignait et il s'est débiné. À mon avis, il est salement touché. Il a perdu toutes ses forces puisqu'il traînait dans le couloir. J'avais pensé lui courir après, tu sais, commissaire. C'est pas que j'avais peur, non. Je craignais de le tuer.

Les deux infirmiers sortent de la maison du Diable, Dine dans un état comateux, et ils s'engouffrent dans les escaliers, pendant que le docteur leur éclaire les marches avec une torche.

J'ordonne à Lino de demander du renfort.

Bliss me prie de le suivre jusqu'à la cave. Avec une lampe de poche, il suit les traces de sang qui nous conduisent à une porte discrète occultée par un capharnaüm de misère. Je vérifie le chargeur de mon arme et ouvre doucement la porte. Ça donne sur un garage chichement éclairé : une Peugeot bâchée antédiluvienne, deux motocyclettes Guelma et un fatras de cageots. J'inspecte les alentours. Pas âme qui vive. Bliss enjambe deux pneus esquintés, progresse en rasant le mur croulant, le doigt sur la détente.

— Tu vois quelque chose, Llob ?
— Non.
— Il est peut-être dehors.
— Je sors le premier. Couvre-moi.
— Je te couvre.

Je courbe l'échine et file vers la sortie. Dans la rue, une espèce de saltimbanque en pyjama sacre en s'arrachant les rares cheveux qui daignent pousser sur sa tête informe.

— Bouge pas ! je lui conseille.

À la vue de mon flingue, il lève promptement les mains en l'air et se met à trémuler comme un âne à l'approche d'une hyène. Il est trop trapu pour être notre dingue. Je lui demande ce qu'il fricote sur le trottoir. Il me montre l'arrière de son tacot :

— On a bousillé ma Rino. Ma pauvre Rino que j'ai pas fini de piyé li dettes, moa! se plaint-il dans un français à dérouter un bœuf.

— T'as vu quelque chose?

— Ji rien vi. Ji dormi quand ji entendi ronflir un moteur. Tout d'suite «boum». Ji regarde par la finêtre et ji vois un chauffard reculer, percuter ma Rino, reculer, percuter, reculer et «vrom»! il part de ce côti sans allimer si feux.

— Quel genre de bagnole?

— Une 504 blanche.

— Son immatriculation?

— Ji rien vi. Il est parti vite, vite par là.

Nous retournons rue Ali Mâachi. Trois voitures de police s'amusent avec leurs feux voltigeants et leurs sirènes. L'ambulance a emmené le mort et Dine. Serdj laisse tomber Lino et vient en courant à ma rencontre.

— Tu l'as eu, commissaire?

— Appelle toutes les voitures. Je veux qu'on boucle le secteur et qu'on arrête toutes les 504 blanches. Donne-leur le signalement du tueur. Il a pris le boulevard Mohamed V.

Serdj pivote sur ses talons et galope vers son émetteur. Je charge l'inspecteur Bliss de lui donner un coup de main; il acquiesce de la tête:

— Compte sur moi, Llob.

Depuis que je le connais, il ne m'a jamais appelé commissaire. Comme s'il contestait mon rang hiérarchique.

— Lino!

Lino s'amène, en sueur. Il se défonce, l'intello. Ce n'est pas tous les jours qu'il s'active de la sorte.

— Oui, commissaire.

— Faut mettre le paquet, t'entends?

Déjà, deux voitures reculent dans un effroyable crissement de pneus, pirouettent sur la chaussée, accentuent le virage et foncent vers le boulevard Mohamed V dans un ululement apocalyptique.

Je prends Lino par les épaules et lui dis :

— Il ne doit pas quitter la ville, pas même l'arrondissement. S'il refuse de se rendre, abattez-le. Il est dangereux... Moi, il faut que j'aille voir Dine à l'hôpital. Je vous rejoindrai aussi vite que je peux.

Bliss n'a pas apprécié. Il grogne :

— C'est pas le moment d'aller porter des fleurs aux patients, Llob. On a un sacré gibier à rattraper.

— J'suis pas tranquille pour Dine.

— Tu ne lui seras d'aucun secours, insiste Bliss. T'es ni docteur, ni taleb, et ta place est parmi nous. On aura besoin de quelqu'un pour diriger les opérations. Sinon, ça va être de la merde.

— Serdj se débrouillera. Je ne serai pas long.

Je saute dans mon auto rabougrie et file à tombeau ouvert jusqu'à l'hôpital. Un gardien somnole à la réception. Je le réveille :

— Où est le commissaire Dine ?

— C'est pas l'heure des visites, mon pote.

— Je suis le commissaire Llob.

— Nul n'est censé ignorer la réglementation en vigueur, rétorque sentencieusement le bougre d'andouille. Reviens demain à partir de midi trente.

Il a dit ça avec un tel mépris !

Je lance mon bras par-dessus la barricade, saisis le gardien par la nuque et l'attire en entier vers moi.

— Où est Dine, connard ?

À la vue de mes dents de carnassier et de la

bave effervescente aux coins de mes lippes boursouflées, le gardien comprend que sa vie ne tient qu'à un fil. Il glapit :

— Salle des opérations, au fond, à droite.

Je le repousse comme un intègre repousse une compromission et cours vers la salle des opérations. Une infirmière m'arrête.

— Il est interdit d'entrer, monsieur.
— Commissaire Llob, comment va le blessé ?
— Le flic en compote ?
— Oui, comment il va ?
— Il est hors de danger.
— T'es sûre ?
— Il a trois côtes fêlées, la mâchoire inférieure démantibulée, l'arête du nez cassée, c'est tout. Le docteur dit qu'il s'en sortira.

Je l'enlace fougueusement et lui applique un baiser sonore sur sa joue de sous-alimentée.

Dix minutes plus tard, je rattrape Serdj du côté de la Grande Poste. Toutes les rues grouillent de flicaille. À chaque carrefour, à chaque tournant, deux voitures de police barrent le passage, herse au sol et agents armés jusqu'aux dents de sagesse.

Serdj étale le plan INC de la ville sur le capot de sa voiture. Il m'explique le quadrillage opérationnel et les ceintures de sécurité.

— On va le coincer, me promet Lino. Paraît qu'il a été blessé par Dine, et sérieusement.
— Il a trois bastos dans le buffet, je dis. Il a perdu pas mal de sang. Il est costaud, mais cette fois il finira par s'endormir sur son volant.

Serdj me rend compte :

— J'ai dépêché deux patrouilles au jardin. Sait-on jamais. Le Dingue peut très bien se passer de sa 504 pour se terrer dans le parc.

— T'as très bien fait.

La Centrale me signale l'arrestation d'une Peugeot blanche à l'entrée de Bab El Oued. Je prends Lino avec moi dans la Golf de service, et nous traversons en météorite le boulevard Front de Mer. De loin, un agent nous fait signe de ralentir. La 504 laiteuse est rangée sous un lampadaire. Son chauffeur, ivre et épouvanté, s'embrouille dans sa paperasse. Il mesure bien un mètre quatre-vingt-dix, mais ce n'est pas le bon cheval.

De nouveau, on m'appelle de la permanence pour m'annoncer une autre voiture suspecte du côté de Hydra.

C'est la bonne !

Nous la trouvons dans une ruelle tortueuse, les portières bâillantes, la malle ouverte et les feux de position allumés. Le capot est encore chaud. Elle a l'avant complètement froissé et du sang frais sur le siège du conducteur. Mais aucune trace du chauffeur.

Le chef de patrouille, un sergent ventripotent, m'explique que la voiture a mal négocié le virage, là-bas, qu'elle a heurté le réverbère, balayé une demi-douzaine de poubelles avant d'échouer dans la venelle.

— Ça débouche sur quoi, cette ruelle ?
— Sur un marché. On a fait le tour, et on a trouvé personne.
— Continuez de chercher.

Le sergent porte sa main à sa casquette dans un salut impeccable et va rejoindre son collègue.

— Commissaire, me murmure Lino. Notre Dingue est peut-être venu à Hydra pour se débarrasser de sa dernière victime avant de regagner le firmament.

Je lève un regard inquiet sur le subalterne et hoche le menton.

C'est exactement ce à quoi je pense, moi aussi.

*\
* *

Kada et Smaïl, les deux meilleurs fox-terriers de la maison, sont dans leur voiture discrètement stationnée dans l'ombre d'un gigantesque mimosa. Dès qu'ils nous ont repérés dans leur rétroviseur, ils ont ouvert une portière et l'ont refermée pour nous signifier qu'ils veillent au grain.

Nous nous rangeons derrière eux et mettons pied à terre.

— Ça gaze, les mecs ? jappe inutilement Lino qui a tendance à trop mettre en relief ses galants.

Kada soulève sa face de mongolien et maugrée quelque chose comme un RAS. Kada ressemble à un célèbre acteur américain[1]. Même si je devais y passer le restant de mes jours, je ne comprendrais jamais pourquoi il s'obstine à porter des lunettes de soleil à une heure du matin.

Smaïl, courtois parce que courtaud, me montre son Thermos :

— Tu veux une tasse de café, commissaire ?

— Je préfère un rapport succinct sur la situation.

Kada est subitement jaloux de l'intérêt que je témoigne à son copain. Il se case dans son siège et boude.

Smaïl détaille :

— Conformément à tes instructions, nous avons

---

1. E.T.

mis six hommes pour surveiller la villa des Blel. On se relève toutes les quatre heures. Kada et moi, nous avons remplacé Guendouze et Redouane depuis exactement cent vingt-trois minutes. Ils nous ont passé les consignes et ne nous ont rien signalé de particulier. Le Bureau des Transmissions a mis le téléphone des Blel sur écoute pour localiser l'éventuel appel du Dingue. Un de ses techniciens est installé à l'intérieur de la maison. Il n'a pas été relevé depuis huit heures. Nous sommes en contact direct avec lui. Il n'a pas encore enregistré le coup de fil en question.

— Bon, je fais, satisfait. Vous deux, vous allez ôter votre postérieur de vos sièges et vous planquer au coin de la rue. On a trouvé la bagnole du DAB pas très loin d'ici et on a toutes les raisons de penser qu'il est dans le coin. Il va probablement essayer de buter Mme Blel pour clore son palmarès. Encore une chose, il est salement blessé. À ma connaissance, il a une mentalité de sanglier. Si vous le débusquez, ne vous approchez pas trop de lui. Il ne fuira pas, ne se rendra pas et se foutra éperdument de vos pétoires. Il vous foncera dedans parce qu'il n'a plus rien à perdre. Serdj et ses hommes patrouillent dans les parages. Ils ratissent méthodiquement Hydra. Nous avons actionné la battue de manière à piéger le furtif à cet endroit. Alors, restez vigilants et pas d'excès de zèle.

Smaïl opine du chef.

Kada le Sapajou déporte ses grosses lèvres sur le côté et glousse :

— Si j'ai bien pigé, on le canarde sans sommation.

— T'as rien pigé, Kada. Tu cherches à nous

mettre la ligue des Droits de l'homme sur le dos ou quoi ? Tu tireras seulement en cas de force majeure. Et tu viseras au-dessous de la ceinture de préférence. Il est dangereux, ouais, mais il n'a rien à voir avec Rambo.

Kada repousse ses fausses Ray-Ban sur son nez et sort de la voiture. Il extirpe son PA et promet :

— Si jamais il s'approche trop de moi, je lui ferai pas de cadeau.

— Et si jamais il s'avère qu'il n'était pas trop près, je te ferai ta fête.

Les deux incorruptibles, pétant le dévouement et la bravoure ancestrale, désamorcent le cran de sécurité de leur pistolet et, lestes et décidés, immuables dans leur splendeur atavique, courent se planquer dans un recoin.

Avec Lino – que je trimbale malgré moi comme un boulet de forçat –, je m'approche de la villa de Blel, admire la façade hurlant le faste et la fatuité et appuie sur le carillon. Un déclic me fait tressauter, et la voix nasillarde de Blel frissonne à travers l'interphone encastré dans l'embrasure.

— Oui ?

— Commissaire Llob.

— Ah ! Je suis content de vous accueillir chez moi, commissaire. Une minute !

Un claquement fuse, c'est le verrou qui se retire automatiquement. Je bouscule la fabuleuse porte et m'égare dans un immense jardin capable de contenir à lui seul la récolte entière de la révolution agraire. Lino écarquille sa gueule abyssale. Cette fois, je n'ai pas besoin de gratter une allumette pour savoir que sa culotte est noire.

Nous parcourons une allée interminable comme le désert de notre culture nationale pour finir dans le marbre étincelant de la véranda. M. Blel, sanglé dans une robe de chambre hollywoodienne, nous accueille. Il est inquiet, mais ravi de me revoir.

— Alors, commissaire, vous l'avez coffré ?

— Il est en train de consommer ses ultimes heures de liberté. Et demain, à la première heure, on ira l'exposer au zoo, du côté des fauves féroces.

— Il paraît qu'il est blessé ?...

— Qui te l'a dit ?

— Ben, il y a un flic chez moi, dans le salon. Il a une radio et nous entendons ce qui se dit entre les patrouilles et la Centrale.

Il nous promène dans un salon qui ferait bleuir de jalousie Moulay El Hassan lui-même.

Socialisme scientifique ? Mon cul, ouais !

— *What a nice place you have got here!* s'exclame Lino, renversé.

Pas étonnant qu'il perde son jargon tribal, le minable fonctionnaire. Il y a encore une minute, il croyait dur comme fer que ce genre de palais édéniques faisait partie des effets spéciaux.

Le type du Bureau des Transmissions sirote un thé, profondément enfoui dans un sofa de rêve. Il sait que les songes ne durent que l'espace d'un soupir, aussi en profite-t-il au maximum. Quand il racontera ça à sa petite amie, elle ne le croira pas. À le regarder vautré ainsi dans le luxe blasphématoire, entouré d'argenterie inestimable et de velours paradisiaque, on a l'impression de surprendre un cancrelat de caniveau sur le sceptre de Salomon.

Il se redresse avec beaucoup de regret.

— Salut, toi.

— 'lut, commissaire.

— Elles fonctionnent bien, tes antennes ?
— Y a pas à se plaindre. Le téléphone de M. Blel est sur table d'écoute, branché directement sur le Centre 28. Au cas où le DAB appelle, faudra le tenir le plus longtemps possible pour qu'on puisse le localiser.
— Il téléphonera pas, prophétisé-je. Il est aux abois, et il pisse son sang sans retenue.

Blel nous propose de nous détendre un tantinet sur les canapés. Il pousse vers moi un plateau argenté débordant de friandises aux amandes par-dessus lequel trône une théière altière qui doit coûter deux fois le budget de la Maison des Jeunes de Aïn Defla.

— Qu'est-ce qu'on fait ? commence l'heureux bénéficiaire de la maladresse du Parti Unique.
— On attend, mon gars, on attend. Il est pas loin, et il va certainement venir ici.
— Ici ? Chez moi ?
— C'est une probabilité. Te mets pas martel en tête. Mes gars sont en train d'épouiller le quartier. (Je consulte ma montre.) L'étau se resserre.

Lino, qui souffre d'un complexe de dupe congénital, ne sait plus s'il doit souiller le fauteuil avec son froc de mendiant ou bien se tenir debout. Il espère mon soutien pour l'encourager à prendre une décision. Je le devance :

— Va jeter un coup d'œil dans le jardin.

Lino se raidit. Sa pomme d'Adam aussi.
— Seul ?
— T'es armé, non ?
— « Il » a déjà massacré deux flics.
— Un de plus ou de moins, où est la différence ?

Lino me supplie des yeux. Je reste aussi imper-

141

turbable qu'un maire de dechra. Il baisse la tête et, longanime, il s'en va ailleurs voir si j'y suis.

Blel me tend une tasse de café. Sa main tremble. Ça fait moche, une main de rupin qui tremble, elle qu'on dit détenir l'inflexible assurance des fortunes.

— Comment va madame ?

— Elle est là-haut, dans sa chambre. Elle a pris des somnifères et elle se repose, maintenant. Et dire que le vampire est dans les environs !

— Relaxe ! Il n'a aucune chance d'arriver jusqu'ici. Ta villa est cernée hermétiquement. Un moucheron ne passerait pas.

Ça le rassure un chouia, mais pas assez pour calmer sa main.

Lino revient, livide et éprouvé, semblable à une vierge le soir de ses noces.

— T'as pas été long ! je lui reproche.

— C'est que j'ai pas assez de souffle, commissaire, se justifie-t-il, humilié.

— Je parie que t'as pas été plus loin que la véranda.

— Il fait frisquet et j'ai oublié mon cache-nez au bureau. Tu sais très bien que je me relève d'une bronchite carabinée. Une rechute, et je suis bon pour servir de guide aux damnés éternels.

Et ça prétend défendre la Veuve et l'Orphelin contre les croque-mitaines... Écœurant !

*
* *

La colossale horloge murale égrène trois heures du matin. M. Blel dort depuis très longtemps déjà. Le sommeil l'a surpris au moment où il s'y attendait le moins. Il ronfle au fond d'un canapé, les bras croisés sur sa poitrine, la nuque ployée sur l'épaule droite. Il n'a pas l'air de vouloir se familiariser avec les affres de l'imprévu. De toute évidence, cette histoire le traumatisera pendant longtemps.

Lino est fiché devant la fenêtre, à scruter le dehors. Il ne se rend pas compte qu'il est debout depuis des lustres.

Je demande au spécialiste des transmissions où se trouve son émetteur-récepteur ; il soulève un oreiller brodé et me tend une radio de poche. Je tire sur l'antenne, appuie sur le bouton et appelle Serdj :

— Qu'est-ce que vous foutez, bon Dieu ?

Serdj me répond aussitôt :

— On n'arrive pas à lui mettre le grappin dessus, commissaire. Les hommes ratissent le secteur pâté par pâté. Rien. Le Dingue doit avoir une cachette minutieusement aménagée, autrement on l'aurait pincé.

— Où en êtes-vous ?

— Nous sommes à quatre ou cinq pâtés de maisons de la résidence des Blel. Je commence à me poser un tas de questions, commissaire. Et s'il nous avait encore doublés, avec sa voiture intentionnellement abandonnée ? Il a peut-être rebroussé chemin pour nous semer.

— Continuez les recherches. Nous serons fixés dans pas longtemps.

Serdj marque une minute de silence, puis je l'entends gueuler après ses hommes. Il me revient sur un ton las :

— J'ai envoyé deux voitures alerter les hôpitaux au cas où le fugitif songerait à se faire soigner là-bas.

J'entends une détonation. Mon cœur accuse un soubresaut capable de mettre K-O un canasson de labour.

— Serdj! Serdj! Qui a tiré, Serdj?

Un moment de flottement. Quelqu'un braille dans la radio, Un bruit de cavalcade.

— Serdj!
— Fausse alerte, commissaire.
— Qu'est-ce qui se passe? J'ai entendu un coup de feu.
— C'est une jeune recrue qui vient de se loger une balle dans le pied. Un stupide accident, commissaire. Les hommes sont nerveux et fatigués.
— Il ne manquait plus que ça...
— C'est pas grave. Il y a eu plus de peur que de mal. Le jeune agent est à côté de moi. La balle lui a effleuré la cheville. Je vais l'évacuer sur l'infirmerie.
— Bon, bon, tiens-moi au courant, d'accord?
— D'acc.

Je rends la radio au gars du BT et me laisse choir si lourdement sur le fauteuil que Blel amorce un début de panique.

— Y a pas le feu, je le rassure.

Il se frotte les yeux, s'étire pour arranger ses os en capilotade et consulte sa montre:

— Trois heures! J'ai dormi?
— Non, t'as juste rêvé.

Il suspend aussitôt sa gymnastique déplacée en s'apercevant que nous le toisons avec indignation. De mon côté, je commence à perdre patience. La remarque de Serdj me travaille: ce cinglé de vampire nous a peut-être confectionné une mise en scène à la hauteur de notre incompétence; il a peut-être fait exprès d'abandonner sa voiture aux portes de Hydra et, pendant que nous sommes en train de vadrouiller dans le quartier, lui panse tranquillement ses blessures chez un toubib de connaissance en ricanant.

Je n'ai pas fini de décortiquer cette hypothèse que le téléphone carillonne, nous court-circuitant tous. Le type du BT saute frénétiquement sur son casque-écouteur, tripote un appareil sophistiqué et nous montre son pouce pour nous signaler qu'il est prêt.

Je dis à Lino :

— Si c'est le Dingue, retiens-le le plus longtemps possible.

Comme Lino n'a pas de suite dans les idées – sauf lorsqu'il embobine une pucelle –, il s'égare :

— Tu sais, commy, la conversation, c'est pas mon rayon.

— Débrouille-toi. Dis-lui que je suis aux toilettes.

Lino opine du chef et décroche :

— Ouais ?...

— Je veux parler au commissaire.

Les sourcils de Lino s'effacent. C'est le Dingue. L'intellectuel racle son gosier d'ibis et bredouille :

— Je suis son adjoint... Qu'est-ce qu'il y a à ton service ?

— Je veux parler à Llob.

— Il n'est pas ici.

— Je sais où il est, andouille. Passe-le-moi.

— Il est aux... toilettes.

— Va le chercher.

— Je crois que t'as mal entendu.

145

— J'suis pas un pot. T'as intérêt à te grouiller, minable.

— Hé là, doucement, tu parles à un officier de police.

— Va le chercher! tonne le Dingue.

Lino est secoué par le feulement déchaîné de son interlocuteur. Des perles de sueur grossissent sur son front avant de rouler sur l'arête de son nez et de goutter sur ses lèvres.

— C'est de la part de qui?

— T'occupe pas.

Il m'étonne, le subalterne. Il se surpasse dans l'art de l'improvisation. Je l'encourage du regard.

— Écoute, toi...

— C'est toi qui vas m'écouter, connard. J'ai pas le temps de bavarder avec toi. Il faut que je lui touche deux mots, au commissaire. Ça peut pas attendre. Je veux lui causer, et tout de suite!

— C'est urgent à ce point?

— Dis-lui que c'est de la part du Vengeur au bistouri.

— Nom de nom! feint Lino. Ne coupe pas, je vais le chercher. Une minute, j'entends la chasse d'eau... Le commissaire arrive... le voilà. Hé, commissaire, le Dingue au téléphone.

L'erreur! Quand Lino commence bien une chose, c'est pour la bousiller à la fin. Un malheureux mot, et nous tenons tous notre ventre. Heureusement, le Dingue ne raccroche pas; bien au contraire, il s'élance dans une diatribe vorace:

— J'suis pas un dingue, bâtard, avorton, chien. J'suis pas un dingue, t'entends? T'amuse pas à le répéter, sinon je te retrouverai, je te charcuterai, je t'écorcherai vif, tête de lard, fils de chien, bouse de vache, cul-gâteux, fais attention à ce que tu dis...

Je sauve Lino en prenant le combiné. L'incroyable cortège de mots orduriers et d'invectives continue de défiler pendant un bon moment. Enfin, je trouve le temps de japper :

— Commissaire Llob à l'appareil...

— Qui est cet enfoiré-de-crasseux-de-répugnant que tu t'es choisi pour adjoint ?...

— Calme-toi, tu veux ? Il n'a pas pensé à mal. Tout le monde t'appelle comme ça. C'est pas de sa faute. Fallait décliner ton identité...

L'opportunité de mes reproches semble l'apaiser. Il se tait. Je l'entends gémir et haleter. Son souffle est saccadé et confus. Je profite de cet entracte pour cligner de l'œil au spécialiste des transmissions ; il agite son doigt pour me signifier que le Centre se démerde toujours.

— T'es là ? je demande au Dingue.

— Où veux-tu que je sois ?

— Paraît que t'es gravement blessé. Tu souffres ?

— Je me suis jamais plaint, Llob. Et c'est pas aujourd'hui que je vais commencer.

— Pourquoi ne pas te rendre, bon Dieu ! On te soignera.

— J'suis pas une dinde, on m'engraissera pas pour me bouffer. Et puis, j'suis fini. Je sais que j'suis fini.

— Où es-tu ?

— Décidément, quoi que je fasse, je resterai un demeuré pour toi.

— Je veux seulement t'aider.

— J't'ai rien demandé.

— J'suis ton ami, non ?

— Autant arrêter tout de suite la comédie, Llob. J'ai jamais eu d'amis. J'sais pas ce que ça veut dire, l'amitié. Je pense même pas que ça existe. Ça se voit que t'as pas été SEUL, commissaire. Tu regardes à droite, à gauche, derrière toi, et tu trouves personne. Tellement personne que tu n'oses pas regarder devant toi. La solitude, Llob, c'est pas seulement la mère de tous les vices; elle est surtout la marâtre de tous les drames... T'emballe pas, poulet, ce sont pas des aveux, ni des confessions. Moi, je ne regrette rien. Rien de rien. Si c'était à refaire, je me gênerais pas. Et ce sont pas tes couillons de flicards qui m'en empêcheraient. Pourquoi t'as déployé ton régiment au complet dans le secteur, Llob? C'est pour me barrer la route des Blel? Personne ne m'arrête, t'entends? Per-son-ne! Et je la buterai, cette sorcière de sage-femme. J'ai fait exprès de la laisser en dernier. Ce sera mon dessert. Et son étoile sera plus noire que les autres. Tu dois te demander c'que signifient ces étoiles noires. C'est très simple. Quand quelqu'un meurt, son étoile s'éteint.

Il se met à tousser à s'arracher le gosier. À râler aussi. Il doit certainement se tordre de douleur. Il libère un «ah!» étranglé, renifle et, pantelant, il attend de se calmer. Pendant ce temps, le type du BT transpire, à l'écoute du Centre. Lino et Blel se rongent les ongles, plantés tels des piquets à mes côtés.

Je relance:

— Pourquoi tu as fait une chose pareille? Pourquoi?

— Ils ont tué ma femme et mon bébé.

— Qui ça?

— Ces assassins en blouse blanche!

— C'était sûrement un accident.

— M'en fous. Ce sont pas des excuses qui vont me rendre ma femme et mon gosse.

— Tu n'aurais pas dû faire justice toi-même. Il y a la loi, la justice... pour régler ces...

— Ces quoi ? Vas-y, dis-le. Ces quoi ? Ces litiges ? Malentendus ? Fâcheuses situations ? Dis-le-moi, Llob... Tu sais pas c'que c'est que perdre sa femme et son bébé, commissaire, les perdre bêtement, comme on perd un bouton, comme on perd une pièce de monnaie dans une bousculade, comme on perd son temps à vouloir sortir du cauchemar. Ta justice, Llob, tes lois, tes tribunaux, j'ai vécu sans eux toute ma vie. Ils font pas partie de mon monde, tu comprends ? Quand on me battait, adolescent, j'allais pas me plaindre. Quand on m'a confisqué mes biens, j'suis pas allé me plaindre. J'ai toujours essayé de garder mes distances vis-à-vis de tout. Alors, arrête de me casser les oreilles avec des trucs que je renie, que j'abjure, que je reconnais pas, que je ne comprends plus...

— M'enfin, tu vis dans une société, pas dans une savane.

Il se tait de nouveau. Il geint en soufflant d'une façon anarchique. Sa respiration est perturbée par des gargouillis stridents. Il est purement en train de mourir.

Le type du BT me supplie de retenir la communication encore deux minutes.

J'ai brusquement envie de tout laisser tomber. Le cinglé qui halète et agonise au bout du fil, m'inspire des sentiments déroutants. Je ne sais plus ce qui m'arrive. Mon ventre se froisse, mon cœur se rétrécit, et un goût nauséeux a envahi ma gorge.

Le Dingue pousse un gémissement aigu et ajoute :

— J'avais personne d'autre, commissaire. Je t'avais pas raconté que j'avais ni parents, ni proches, et ça depuis toujours. J'avais juste ma femme et le bébé qui allait naître. Ça me suffisait. J'étais pas gourmand. Je me contentais de ce que je possédais. J'ai pas beaucoup ri dans ma vie, mais je me plaignais pas. Je savais regarder les spectres qui gueusaient autour de moi, et ça me consolait... Et, Llob, d'un coup, les spectres avaient plus d'allure que moi, et moi j'étais redevenu orphelin. C'était... c'était trop injuste pour un homme seul... J'avais juste cette femme, est-ce que tu me comprends ? Elle était tellement simple, tellement gentille... Et je l'ai confiée, un matin, aux mains des hommes. Et les hommes ne me l'ont jamais rendue. Ils... lui ont administré un sang qui n'était pas le sien, Llob. Comment peut-on tolérer une chose pareille ? Comment, dis-le-moi, Llob ? Comment peut-on commettre une maladresse pareille ?... Dis-le-moi, Llob, j'en pleure encore...

Soudain, le type du BT verdit. Il rejette son casque et se dresse tel un ressort décomprimé. Son faciès est devenu aussi blanc qu'un linceul. Il déglutit, cherche follement son flingue et crie.

— Il est ici... Le Dingue est dans cette maison.

Blel reçoit la foudre du ciel dans le dos. Il chavire, titube, menace de tomber dans les pommes. Je mets ma main sur le combiné et ordonne à mes compagnons de fortune de garder leur sang-froid. Je reporte le combiné à mon oreille : le Dingue continue de conter sa misère. Je murmure à Blel :

— Où se trouve l'autre téléphone ?

— Là-haut, dans la chambre à coucher.

— Je ne sais pas comment il a fait, mon vieux, mais le Dingue est dans la chambre à coucher.

— Mon Dieu! Il a tué Yamina!

— Pas de panique, Blel. Montre-nous le chemin... Quant à toi, je dis au spécialiste des transmissions, reste ici et dis à Serdj de rappliquer avec ses hommes.

Nous suivons Blel jusqu'au premier. Il nous montre la porte et s'écroule sur le tapis. Lino s'appuie contre le mur, le flingue en position d'attaque. Je recule, respire un bon coup et, le pied devant, je me rue sur la porte. Par bonheur, elle cède dans un fracas effroyable.

— Police! je hurle, les genoux fléchis, le dos droit, les bras tendus, en position de tir.

Mme Blel est allongée sur son lit. Ligotée. Bâillonnée. Rouée de coups... mais vivante. Elle a la robe de chambre déchirée jusqu'au nombril, les seins à l'air, les cheveux ébouriffés, une lèvre éclatée, un œil poché, mais sa poitrine respire fort.

Le Dingue est figé sur une chaise, le téléphone dans la main. Incrédule. Son visage est livide, avec des cernes olivâtres autour des yeux. Sa chemise est devenue spongieuse de sang et de boue. Il nous regarde, bouche bée.

— Police! je redis. Tu es fait. Pas de geste inutile.

Le Dingue se retourne vers Mme Blel, puis vers son bistouri luisant sur la table de chevet à deux ou trois mètres de lui. Il comprend tout de suite qu'il ne tuera pas sa sixième victime. Ses yeux brûlants sautent du bistouri à Mme Blel, puis de mon flingue à celui de Lino. Ça le rend de plus en plus nerveux.

— Tu vas remettre le téléphone à sa place et t'étendre sur le tapis, la face contre le sol et les mains derrière la nuque... Doucement, mon gars, c'est fini.

Le Dingue se met à rire d'une drôle de façon, rire qui se prolonge dans une quinte de toux fatiguée.

— T'as gagné, Llob.

Et joignant le geste à la parole, il balance le téléphone sur Lino en hurlant et se redresse. Mon Dieu! Sa tête a manqué de toucher le lustre. Son énorme ombre recouvre toute la pièce. Le plancher se met à trembler sous son poids. Je le vois happer Lino et le catapulter à travers un vaste canapé. Je tire... Deux fois... Sans m'en rendre compte. Comme dans un rêve fétide. Le Dingue s'arc-boute, pareil à une chimère foudroyée par les dieux, pirouette sur lui-même dans un rugissement inhumain et s'abat.

— Lino? j'appelle.

Lino bouge le bras pour me montrer qu'il vit encore. Il ne peut pas se relever. Quelque chose a pété dans son dos.

Le Dingue exhale un râle et secoue la tête. Je n'arrive pas à en croire mes yeux. Il frissonne de tout son corps, s'agrippe au tapis et se met à ramper vers la table de chevet. Je ne sais plus où donner de la tête. Blel est évanoui dans le couloir. Lino est paralysé. Et le Dingue rampe inexorablement vers son bistouri.

— Arrête! Arrête, bon sang!

Il ne m'entend pas. Son énorme carapace ensanglantée et trouée comme une passoire continue de progresser monstrueusement vers la table de chevet. Son bras s'érige, semblable à un cobra, escalade la table, cherche le bistouri...

Je tire. Tire. Tire. Le Dingue est debout, le bistouri à la main; il titube vers Mme Blel. Je tire. Ma dernière balle l'atteint à la tempe et le propulse contre la fenêtre. Le Dingue bascule dans les vitres qui éclatent dans une symphonie cristalline et disparaît dans le noir. J'entends sa carcasse dégringoler, casser les branches d'un arbre et s'écraser sur le gazon dans un bruit irréel.

Je suis resté dans ma position de tir une éternité. Dans la nuit, les ululements des sirènes se propagent rapidement. Les premières voitures de patrouille se déploient autour de la résidence des Blel. Les ténèbres sont soudain bigarrées de traînées de lumière bleu et rouge. Des portières se mettent à claquer et des bruits de pas se répandent dans l'air. J'entends Serdj distribuer des instructions.

*
* *

Les brancardiers allongent Lino à côté du Dingue, dans l'ambulance. Le Dingue est mort. Lino a un tassement des vertèbres. Le toubib dit que c'est pas tellement grave. Lino me prend la main et la serre affectueusement. Je lui esquisse un sourire absent et recule pour laisser les infirmiers refermer la portière. L'ambulance démarre aussitôt dans un vagissement pathétique. Serdj me tend une cigarette que je ne vois pas. Au bout d'une minute, il laisse tomber et retourne auprès de ses hommes.

M. Blel me rattrape sur la chaussée.

— Commissaire…

Je me retourne. Mon visage l'étonne, lui fait perdre les mots qu'il voulait me dire. Finalement, il hoche la tête et murmure un imperceptible «Merci».

Je regarde la ville dans son sommeil. Le cauchemar est fini, dormez, braves gens! Dans le ciel cafardeux, quelques nuages lacérés laissent entrevoir deux ou trois étoiles sémillantes. Un vent froid lâche un soupir incoercible, faisant chuinter les arbres et claquer les basques de mon manteau. Je relève mon col, courbe l'échine et marche sur ma voiture. Je me sens à l'étroit dans ma peau. Je revois le Dingue s'écrouler sous mes balles; j'entends encore sa voix fracassée. J'ai brusquement du chagrin pour ce cinglé qui me fait penser au personnage de Mohammed Moulessehoul, ce personnage qui disait à son reflet dans le miroir: «J'ai grandi dans le mépris des autres, à l'ombre de mon ressentiment, hanté par mon insignifiance infime, portant mon mal en patience comme une concubine son avorton, sachant qu'un jour maudit j'accoucherai d'un monstre que je nommerai Vengeance et qui éclaboussera le monde d'horreur et de sang.»

Je grimpe dans ma Zaztava et démarre. Par intermittence, je surprends la baie d'Alger qui sème ses milliers de lucioles jusqu'aux portes de Boumerdès. Les voitures de patrouille me doublent en mugissant, les feux bleu et rouge pirouettant par-dessus leur capot.

Très loin, à mi-chemin de l'enfer, une mince incision opalescente, dans la chape noire de l'horizon, annonce l'aube. Je ne rentrerai pas directement à la maison. J'irai peut-être dans un quelconque café griller une cigarette et lutter contre cette voix sépulcrale qui, dans ma tête meurtrie, me répète sans trêve :

« Qu'est-ce qu'un criminel, sinon le souffre-douleur, puis le bouc émissaire de ses propres juges…

« Après tout, qu'est-ce qu'un criminel sinon le crime parfait, toujours impuni, de la société elle-même… »

Table des matières

1. Mort en direct 9
2. L'éternel refrain 21
3. C'est pas joli à regarder 29
4. N'allez pas à Riad 41
5. Le Dingue se rebiffe 55
6. Les bananes ont la peau dure 67
7. Le repos du guerrier 79
8. Faut pas désespérer 87
9. La maison du Diable 97
10. Dingue ou pas dingue 107
11. Recherche Fa, professionnellement .. 119
12. La nuit infernale 129

5985

Achevé d'imprimer en France (La Flèche)
par Brodard et Taupin
le 23 octobre 2007. 44214
Dépôt légal octobre 2007. EAN 9782290006726
1er dépôt légal dans la collection : septembre 2007

Éditions J'ai lu
87, quai Panhard-et-Levassor, 75013 Paris
Diffusion France et étranger : Flammarion